D1924070

btb

Aus Freude am Lesen

Naomi Marshall, eine alte, einsame Frau, sitzt meist in ihrer Londoner Wohnung am Fenster. Der Blick auf Gärten und Nachbarn, der Besuch von Pflegern und Essen auf Rädern sind ihre einzige Verbindung zum Leben, bis sich eine neue Nachbarin bei ihr vorstellt. Sally ist jung, voller Begeisterung und Neugier und möchte mehr über Naomis Leben erfahren. Diese sagt jedoch nur: »Ich war mal in Afrika.« Als Sally plötzlich wieder auszieht, vermisst Naomi sie schmerzlich. Sally zuliebe taucht sie in ihre Vergangenheit ein, ordnet ihre Notizen über die Zeit in Afrika, wo sie die glücklichste Zeit ihres Lebens verbrachte. Ja, Naomi wird alles aufschreiben, und falls Sally sich noch einmal meldet, will sie ihr die Geschichte geben …

CHARLES CHADWICK, 1932 geboren, hat bis 1992 als Mitarbeiter des British Council in verschiedenen afrikanischen Staaten, in Brasilien, Kanada und Polen gelebt. Mit 72 Jahren veröffentlichte er seinen ersten Roman, »Ein unauffälliger Mann«, an dem er knapp 30 Jahre lang schrieb und der großes Aufsehen erregte. Charles Chadwick lebt mit seiner Famlie in London.

CHARLES CHADWICK BEI BTB
Ein unauffälliger Mann. Roman (73912)
Eine zufällige Begegnung. Roman (74142)

Charles Chadwick

Brief an Sally

Roman

Aus dem Englischen
von Klaus Berr

btb

Der Titel des Originals lautet »Letter to Sally«.

MIX
Papier aus verantwortungsvollen Quellen
FSC® C083411

Verlagsgruppe Random House FSC-DEU-0100
Das für dieses Buch verwendete
FSC®-zertifizierte Papier *Lux Cream*
liefert Stora Enso, Finnland.

1. Auflage
Genehmigte Taschenbuchausgabe Juli 2012
btb Verlag in der Verlagsgruppe Random House GmbH, München

Umschlaggestaltung: semper smile München
Umschlagmotiv: © Tina Ruisinger/buchcover.com
Satz: Greiner & Reichel, Köln
Druck und Einband: CPI – Clausen & Bosse, Leck
CP · Herstellung: BB
Printed in Germany
ISBN 978-3-442-74393-3

www.btb-verlag.de
Bitte Besuchen Sie auch unseren LiteraturBlog www.transatlantik.de.

I

Ich habe sie jetzt schon lange nicht mehr gesehen. Noch vermisse ich ihre Besuche, aber immer weniger. Sie waren eine Abwechslung von den Damen mit dem Essen auf Rädern und den wöchentlichen Besuchen meiner Pflegerin. Es war, als erfände sie das Leben für mich neu, während sie von ihrer Familie und der Welt draußen plauderte, mit diesem Eifer, der ihr so zu eigen war und der mich daran erinnerte, wie ich früher vielleicht einmal hätte sein wollen, aber nie sein konnte. Nein, es stimmt nicht, dass ich sie weniger vermisse.

Ich sitze am Fenster meiner Wohnung und schaue in die Gärten hinaus, bis die Nacht hereinbricht. Auch dann ziehe ich die Vorhänge nicht zu, denn in den Fenstern gegenüber ist das Licht angesprungen, und dahinter geht die Welt noch weiter, als könnte die Dunkelheit nie vollständig sein. Auch jetzt im Winter ist noch Leben in den Gärten. Vor einem Monat sah ich ein Fuchspaar. Es gibt ein paar Katzen, hin und wieder ist Jaulen zu hören, und ich frage mich, ob es Sex oder Zorn ist. Im Sommer gibt es viel zu sehen, die Arbeiten in den Gärten, spielende Kinder, Erwachsene, die mit Tee oder Drinks herumsitzen. Ich kann nie richtig verstehen, was die Leute reden. Manchmal werden Stimmen erhoben – ein plötzlicher Schrei, dessen Grund ich nie erfahren werde.

Hier in meinem Winkel der Welt erhasche ich Augenblicksaufnahmen von Lebensläufen, über die ich nichts weiß. Vielleicht sehen sie mich, wie ich am Fenster sitze und hinausstarre. Einmal habe ich die Hand gehoben, um einen Mann zu grüßen, der drei Gärten weiter den Rasen mähte. Er reagierte nicht. Vielleicht dachte er, die ist immer da, diese bekloppte alte Schachtel, starrt aus dem Fenster, traurig. Vielleicht war ihm gar nicht bewusst, dass ich die Hand zu ihm hob, und er dachte einfach, ich würde nur die Vorhänge zurechtziehen. Vielleicht dachte er, ich sei so gut wie blind und könne ihn gar nicht sehen, hätte mein Leben lang nur in eine verschwommene Leere gestarrt. Vielleicht dachte er aber auch nicht, dass ein Leben wie meins traurig ist. Vielleicht hatte er ganz andere Sachen im Kopf, und der Schrei, den ich gehört habe, ist von ihm gekommen. Er hat eine Familie. Mehr als genug, worüber er sich den ganzen Tag und einen Großteil der Nacht Sorgen machen muss, seine persönliche Traurigkeit. Er hat Besseres zu tun, als einer uralt aussehenden Frau zuzuwinken. Klingt das defätistisch oder selbstmitleidig? Das ist es nicht. Ich sehe einfach dem Leben zu, den Freizeitbeschäftigungen, und was ich darüber weiß, ist nur geraten.

Die Leute in der Souterrainwohnung unter mir benutzen den Garten ebenfalls, auch wenn das kaum das richtige Wort dafür ist, Löwenzahn und anderes Unkraut, die den Rasen überwuchern, ein paar ungepflegte Sträucher und ein halbtoter Apfelbaum. Sie sind vor etwa zwei Jahren eingezogen, ein älteres Paar, wahrscheinlich im Ruhestand. Sie sitzen auf der Terrasse unter meinem Fenster, bis jetzt noch nie mit irgendeinem Besuch. Zwei Jahre, und ich bin ihnen nur ein einziges Mal begegnet. In was für einer merkwürdigen Welt leben wir doch! Ungefähr zwei Monate nach ihrem Einzug klopften sie und klopften immer weiter, bis ich ihnen öffnen konnte. Erstaunt schauten sie an mir vorbei zu den Büchern, als wären sie auf etwas Schockierendes gestoßen, eine Orgie oder dergleichen. Erst dachte ich, sie wären gekommen, um sich vorzustellen, aber sie waren hier, um sich über die Lacksplitter zu beschweren, die von meinem Fensterbrett auf ihre Türstufen und den Fußabstreifer gefallen waren. Ob ich mir vielleicht überlegte, einen Maler zu rufen? Ich sagte, nein, das hätte ich nicht vor. Ich sagte nicht einmal, dass es mir leid tue. Ich hätte nicht so reagieren dürfen. Der unwillkürliche Ausdruck des Unmuts auf meinem Gesicht hat sicher auch nicht gerade geholfen. Kein Wunder, dass sie seitdem nicht mehr mit mir gesprochen haben. Bin ganz allein selbst dran schuld und so weiter. Ich kann jetzt noch sehen, wie sie nebeneinander vor meiner Tür stehen: Gesichter, aus denen Zorn, Sorge, Hoffnung, Lachen, sogar Liebe schon vor langer Zeit gelöscht wurden. Irgendwann hatten sich doch sicherlich auch in ihren Zügen die normalen Erfahrungen des Lebens abgezeichnet. Ich war unhöflich zu ihnen gewesen, das stimmt, aber ich sehe jetzt, dass es ihnen nichts ausgemacht hatte. So war das Leben, an das sie sich gewöhnt hatten. Man konnte sich nicht vorstellen, dass sie mit ihren rosigen, drallen Gesichtern, den ordentlich frisierten grauen Haaren und den affektiert verkniffenen Lippen sagten: Zögern Sie nicht, zu uns zu kommen, falls wir irgendetwas für Sie tun können. Man konnte sich auch nicht vorstellen, so etwas zu ihnen zu sagen. Wie unfair, wie unfreundlich habe ich sie beurteilt? Rede ich nur von mir selber, schreibe andere Leute ab, vermisse Sally?

Man würde sein Leben gern mit ein paar Gewissheiten beenden, zum Beispiel zu erfahren, warum ein Gruß nicht erwidert wurde. Ich starre nicht den ganzen Tag zum Fenster hinaus. Es ist ganz einfach so, dass mein Sessel dort steht. Dort lese ich und schreibe auch. Ich brauche Zeit, um in die Küche und ins Bad zu kommen. Mit Hilfe meines Gehwagens, aber muss ich das hinzufügen? Ich gehe auch in das vordere Zimmer, das auf die Straße hinausschaut und wo meine Bücher und ein Schreibtisch sind. Aber ich kann dort nicht lange sitzen und kehre, nachdem ich eine Überweisung ausgefüllt oder was auch immer getan habe, so schnell wie möglich zu meinem Sessel zurück.

Ich bin froh, dass ich keine Korrespondenz führen muss. Inzwischen schicke ich neun Weihnachtskarten an frühere Kollegen, nein, sieben. Meine Pflegerin kauft sie für mich. Im vorletzten Jahr war es ein Päckchen mit Wohltätigkeitskarten, vorne drauf ein Rotkehlchen mit einem Stechpalmenzweig im Schnabel. Der Empfänger der wohltätigen Spende war eine Farm in Northumberland, die sich um behinderte Jugendliche kümmert und ihrem Leben einen Sinn verleiht. Ich schickte ihnen einen Scheck, und sie bedankten sich mit einer Broschüre, die die Jugendlichen bei verschiedenen Tätigkeiten auf dem Hof und in der Küche zeigte. Das Schöne war, dass sie sich nicht bemühten, in die Kamera zu lächeln, weil man es ihnen aufgetragen hatte. Nein, sie sahen wirklich glücklich aus, als empfänden sie nichts als Dankbarkeit für das, was das Leben ihnen gegeben hatte. Hier brauchte ich nicht zu raten.

Im Jahr darauf bat ich meine Pflegerin, mir religiöse Karten zu kaufen, und ich musste ihr erklären, dass ich Karten meinte mit Bildern von der Jungfrau Maria und dem Jesuskind. Sie schien das für eine exzentrische, ja besorgniserregende Bitte zu halten, als würde ich irgendeiner merkwürdigen Sekte angehören. Das sagte ich ihr spaßeshalber auch, aber sie missverstand das Wort »Sekte« und rannte kopfschüttelnd ins Bad. Mir ist es egal, ob sie mich für eine Christin hält. Ich habe es inzwischen aufgegeben, mich zu fragen, ob ich eine bin oder nicht; zu vieles davon drängt mich, in dieser Hinsicht nicht zu zweifeln, doch man kann nur abwarten, dann wird man schon sehen – oder auch nicht, was ebenso gut sein kann. Es ist nur so, dass es an Weihnachten schicklich erscheint, Abbildungen der Geburt Christi zu versenden. Ein Rotkehlchen mit einem Stechpalmenzweig im Schnabel vermittelt nicht unbedingt dieselbe Botschaft. Es tut mir leid, dass man für diese jungen Leute in Northumberland gerade dieses Bild aussuchte. Aber vielleicht dachte sich das Management, dass sie neben allem anderen nicht auch noch mit Religion und Glauben belastet werden wollten …

So wie ich bis jetzt gesprochen habe, kommt es sicher nicht überraschend, wenn ich sage, dass ich Sallys Besuche vermisse. Ich erinnere mich noch ganz deutlich an das erste Mal. Es war Ende März. Die Wohnung über mir stand seit ungefähr einem Monat leer, und ich wusste nicht so recht, was ich denken sollte, als ich jemanden die Treppe hochgehen hörte, der offensichtlich einen oder zwei Koffer trug. Es hatte schon mehrere Wohnungsbesichtigungen gegeben, und ich hoffte, die neuen Mieter wären nicht so wie das Paar davor, das ständig herumgetrampelt war und laut miteinander geredet hatte, wenn der Fernseher nicht lief, der, wenn er lief, noch lauter war. Andererseits war es ein gewisser Trost zu wissen, dass Hilfe, falls nötig, gleich in der Nähe war.

Ich hörte die neue Mieterin herumgehen und sich einrichten, aber ihre Schritte waren leise, als wäre sie von Anfang an fest entschlossen, eine so perfekte Nachbarin wie möglich zu sein. Tatsächlich war das so ziemlich das Erste, was sie sagte, als ich es endlich schaffte, auf ihr Klopfen an meiner Tür zu antworten. Als ich meine Gehhilfe aus dem Weg geschafft hatte, ging sie an mir vorbei, drehte sich an meinem Schreibtisch um und begann mit einer Entschuldigung.

»Es tut mir sehr leid, Sie zu stören. Ich habe mir nur gedacht, ich bin Ihre neue Nachbarin und wollte mich vorstellen. Ich bin Sally.«

Sie streckte die Hand aus und musste sich schon wieder entschuldigen, weil ich mich mit beiden Händen schwer auf die Gehhilfe stützte.

»Ich bin Naomi Marshall«, sagte ich mit meinem wenig überzeugenden Lächeln.

»Ich werde mich wirklich bemühen, keinen Lärm zu machen«, sagte sie.

Während ich zurück ins Zimmer schlurfte, fragte ich mich, was für einen Eindruck mein Lächeln wohl gemacht hatte, ein typisches Altfrauenlächeln mit Verbitterung darin, und das nicht immer unabsichtlich. Oder sah es nur aus wie eine hässliche Grimasse, eine Imitation dessen, was ich mir unter einem Lächeln vorstellte, nachdem ich schon lange vergessen hatte, was ein Lächeln war oder wozu es gut sein konnte? Das waren die Gedanken, die mir durch den Kopf gingen, während Sally mir Platz machte und um den Schreibtisch herumging, dabei dagegenstieß und wegen ihrer Ungeschicklichkeit *Ts-ts* machte. Und dann fragte ich mich, ob ich je so gelächelt hatte, ob ich zum Beispiel Arthur so angelächelt hatte, als er – um einen Ausdruck zu verwenden, den er überhaupt nicht mochte – sich in mich verguckte? Sallys Lächeln, nun, das war etwas Wunderbares. Als sie hereinkam, hatte sie zunächst die Stirn gerunzelt. Jetzt war es, als hätte ich etwas sehr Lustiges oder Ermutigendes oder Überraschendes oder alles zusammen gesagt, so unvermittelt kam ihr Lächeln, so als würde sie eben entdecken, wie Freude sich anfühlt oder Glück oder das immerwährende Potential dafür.

»Machen Sie sich deswegen keine Gedanken«, sagte ich. »Aber vielen Dank. Nicht jeder ist so rücksichtsvoll. Normalerweise ist das nicht das Erste, woran die Leute denken.«

Sie schaute sich im Zimmer um. »Da schau sich einer all diese Bücher an!«

Ich musste zu meinem Sessel zurückkehren, und während ich mich auf den Weg machte, murmelte ich: »Ja, das ist eine ganze Menge.« Es hatte feindselig geklungen, deshalb drehte ich mich um – diesmal ohne ein Lächeln zu riskieren – und sagte: »Warum machen Sie uns beiden nicht eine Tasse Tee? Außer Ihnen ist ein Sherry lieber.«

Wieder dieser Eifer: »Eine Tasse Tee hätte ich jetzt sehr gern.«

Ich will versuchen, mich zu erinnern: Sie kochte Tee, während ich zu meinem Sessel zurückschlurfte. Mein Bett steht auf der anderen Seite des Fensters, und dort saß sie, während wir unseren Tee tranken. Zuerst fragte sie mich, ob ich all diese Bücher gelesen hätte, und ich erwiderte, ja, vermutlich schon, aber ich wisse bei den meisten nicht mehr, was drinstehe, und dann fügte ich noch hinzu, ich hätte sie nur gern in meiner Nähe, falls ich mich an sie erinnern wollte und wann und warum ich sie gekauft hatte. Es war eine viel zu lange Antwort, eine Pseudorechtfertigung, leicht pedantisch. Sie wollte anscheinend, dass ich weiterredete und ihr von meinem Leben erzählte, aber das war das Letzte, was ich wollte. Also brachte ich sie dazu, über ihres zu erzählen. Ihr Tonfall machte mir klar, dass sie ihr Leben für trivial hielt im Vergleich dazu, wie meins gewesen sein musste, nach den Büchern zu urteilen und einigen der Titel, die ihr vielleicht ins Auge gefallen waren. Sie sprach schnell, aber stockend, als wollte sie rasch zum Ende kommen, als hätte man ihr beigebracht, dass man von sich selbst so wenig wie möglich sprechen sollte. Schon jetzt drängte sich mir der Gedanke auf, dass sie zu gut war für diese Welt. Und zu schön. Vielleicht war es aber auch weniger Schönheit, sondern einfach eine unbewusste Aufrichtigkeit. Man hatte den Eindruck, dass sie über ihre Schönheit oder dergleichen gar nicht nachdenken musste, als hätte man sie noch nie auf ihre Erscheinung aufmerksam gemacht. Man konnte sich sehr gut vorstellen, dass sich jemand in sie verliebte. Man konnte sich sehr gut vorstellen, dass jemand sie vermisste.

»Über mein Leben gibt es eigentlich nicht viel zu sagen, wir haben zu Hause nicht viele Bücher«, so fing sie an. »Meine Mutter liest manchmal so romantische Sachen, aber mein Dad hat eigentlich keine Zeit dafür. Ab und zu mag er mal einen Krimi. Er arbeitet so schwer für uns. Mum auch. Na ja, wie auch immer … Ich glaube, mein kleiner Bruder könnte mal eine Leseratte werden. Er steht total auf Harry Potter. Ich habe es mir nie so richtig angewöhnt …«

Ja, diese Bücher hatten sie kleinlaut gemacht, fast, als würde sie sich schämen, sich ihrer Unwissenheit schämen. Ich konnte es nicht ertragen, wusste aber nicht, wie ich sie stoppen sollte, ohne herablassend zu wirken. Es war unübersehbar, wie sehr sie die Familie liebte, die sie zurückgelassen hatte. So wusste ich schon nach kürzester Zeit, dass sie in Somerset zu Hause war, ein Diplom in Wirtschaftslehre hatte und ihre Karriere in London fortsetzen wollte. »Ich bin eigentlich ziemlich ehrgeizig«, sagte sie, »auch wenn man es mir vielleicht nicht ansieht.«

Ich war froh, dass ich am Fenster saß und hinausschauen konnte, anstatt sie anzustarren. Es half ihr weiterzureden. Als sie nach London kam, war sie zuerst in einer Pension untergekommen, wo sie etwa einen Monat geblieben war. Das hier war ihre erste eigene Wohnung. Ich konnte ihr etwas über Müllabfuhr und Postzustellung sagen, war aber vollkommen nutzlos, was die Verkehrsanbindung und Einkaufsmöglichkeiten im Viertel betraf. Sie hatte sich jedoch bereits erkundigt und erzählte mir Sachen aus der Nachbarschaft, von denen ich schon lange keine Ahnung mehr hatte. Es war die glücklichste Stunde, die ich seit Ewigkeiten verbracht hatte – dieses Mädchen mit dem eifrigen Blick, den wallenden dunkelblonden Haaren und einem Mund, der irgendwie Schwierigkeiten zu haben schien, mit dem mitzuhalten, was sie sagen wollte. Voll ist das Wort, soweit ich mich erinnere, für solche Lippen. Vor allem auf die schaute man, wenn sie sprach, nicht in diese großen Augen, bei denen ich den Eindruck nicht los wurde, sie hätten erst vor kurzem aufgehört zu weinen. Vielleicht vermisste sie ihre Familie, indem sie jetzt über sie sprach, ganz besonders. Denn sie sprach so herzlich von ihnen, von ihrem Haus und dem Garten, dem Hund und der Katze und sogar dem Kaninchen. Und so ging unsere erste Begegnung zu Ende.

»Ich muss jetzt los und meine Mutter anrufen«, sagte sie. »Sie macht sich Sorgen, ich ganz allein in der großen Stadt und so weiter! Arme, alte Mum.«

Einen Augenblick lang wünschte ich mir, ihr Telefon wäre kaputt und sie müsste meins benutzen. In der Ära der Handys war das ein törichter Gedanke. Ich wusste, ich könnte nie irgendetwas für sie tun, und sie war ein Mensch, der immer Mittel und Wege finden würde, etwas für mich zu tun. Sie stand auf und wandte sich zum Gehen. Ich würde sie vermissen, oder genauer, ich machte das zu offensichtlich, indem ich sagte: »Verzeihen Sie, wenn ich Sie nicht zur Tür begleite. Aber bitte, kommen Sie vorbei, wann immer Sie wollen. Bitte. Berichten Sie mir, wie Sie in der großen, bösen Welt vorankommen.«

»Genauso sieht es meine Mutter. Sie sagt, es gibt doch auch sehr gute Verkaufsjobs in Taunton ...«

Und so verließ sie mich mit einem letzten Winken und diesem Lächeln, nur noch mehr davon. Und es deutete absolut nichts darauf hin, dass sie zufrieden mit sich selbst war, weil sie eine alte Frau glücklich gemacht hatte. Ja, es wirkte sogar fast so, als wäre es umgekehrt.

In diesen ersten Wochen des Frühlings kam sie fast jeden Abend nach der Arbeit bei mir vorbei. An den Wochenenden fuhr sie nach Hause. Sie erzählte mir von ihrer Arbeit als Vertreterin für eine Kosmetikserie. So verstand ich sie zumindest. Sie sprach nur zögernd darüber, und nach der Art, wie sie mich ansah, vermutete ich, dass sie Kosmetik ganz einfach nicht als taktvolles Thema für eine runzlige, alte Frau betrachtete, die ungefähr seit Jahrhunderten keine Kosmetik mehr benutzt hatte. Manchmal schaute sie mich fragend, beinahe listig an, bevor sie etwas sagte. Sie wollte absolut sicher sein, dass sie mich nicht in Verlegenheit brachte, vor allem, da ich doch all diese Bücher gelesen hatte. Sie hatte bereits gelernt, dass so etwas kaum zu vermeiden ist, wenn man jemanden nicht kennt.

Wie gesagt, sie wollte, dass ich von mir erzähle. Als ich zum Beispiel beiläufig sagte: »Meine Jahre in Afrika«, klatschte sie beinahe in die Hände und sagte: »Ach, *erzählen* Sie doch! War es dort glühend heiß, mit Schlangen und Elefanten und solchen Sachen?«

Was konnte ich ihr über diese so lange verschwundene Welt erzählen? Wie konnte ich ihr von Arthur und der armen Leah erzählen, wie konnte ich in ein oder zwei Sätzen diese ganze komplizierte Stammeswelt zusammenfassen?

Wie konnte ich ihr sagen: »Wenn Sie das wirklich interessiert, dann schauen Sie vielleicht einmal in dieses Buch.« Und ihr dann einen komplexen anthropologischen Bericht über Ehe- und Familien- und Sozialstrukturen in dieser oder jener Stammesgruppe leihen – oder sogar eins meiner eigenen Bücher.

Deshalb zuckte ich nur die Achseln und sagte: »Das ist schon sehr lange her. Die Dinge haben sich verändert. Damals gab es kein AIDS und, na ja ...«

Sie beugte sich mit offenem Mund vor, als wollte sie gleich eine Unmenge Fragen stellen, war ganz begierig, mir zuzuhören, von mir zu lernen. »Ich habe im Fernsehen so furchtbare Dinge über Afrika gesehen. Das ist absolut grässlich, nicht? Die Kinder, na ja, eigentlich jeder in solchen Gegenden. Man würde gern etwas tun, nicht? Mum und Dad schicken an Weihnachten Schecks ... Ich vermute, Sie haben sehr viel geholfen. Ich würde sehr gerne ...«

Ich schüttelte den Kopf. »Es war bei weitem nicht überall so. Ich habe nicht geholfen. Ich habe nur viele Fragen gestellt. Wo ich war ... Irgendwann zeige ich Ihnen mal Fotos vom Dorfleben, aber nicht jetzt ...«

»Das würde mir sehr gefallen«, sagte sie.

»Wenn Sie etwas über Afrika erfahren wollen, dann brauchen Sie sich nicht das Gefasel einer alten Frau wie mir anzuhören. Zu meiner Zeit ...«

Ich hatte abrupt, beinahe barsch gesprochen, und sie sagte: »Tut mir leid, ich wollte nicht ...«

Sie stand auf. Was tat ihr leid? Was hätte sie sehr gern

getan? Sie befürchtete, sie hätte dieses Territorium der Scham und der Verlegenheit betreten, wäre neugierig und unsensibel gewesen, indem sie eine alte Frau nach ihrem Leben ausfragte. Meinem Tonfall nach hätte ich ebenso gut sagen können: »Das geht Sie nichts an, junge Dame.«

Als sie mich mit einem kurzen Winken verließ, warf ich ihr so etwas wie eine Kusshand zu, aber sie dachte vielleicht, ich hätte mir nur die Hand vor den Mund gehalten, um ein Rülpsen zu verdecken. Ach, wenn ich nur ein verlässliches Lächeln hätte, das ich ihr anbieten könnte, eins, das zu ihrem passte!

»Kommen Sie bald wieder mal vorbei«, rief ich ihr nach, als die Tür ins Schloss fiel.

Ich will versuchen, die Zeit zusammenzufassen, jetzt, da sie eine Erinnerung geworden ist. Ich nehme an, sie ist fortgezogen, und ich war ihr nicht wichtig genug, oder sie konnte sich nicht dazu überwinden, sich zu verabschieden. Das muss ich einfach akzeptieren. Letztendlich bleibt nichts anderes als das Akzeptieren. Sie wusste die ganze Zeit, wie viel Freude sie mir machte, wenn sie für einen Plausch vorbeikam. Ich bat sie, mir ein paar Sachen aus dem Supermarkt mitzubringen. Es gefiel ihr, dass ich sie fragte, daraus zog sie ihre Freude. Aber es steckte noch mehr dahinter. In dieser ersten Zeit hatte sie noch keine Freunde gefunden, und sie war kein Mensch, der Sachen für sich behält. Sie erzählte mir von den Mädchen, die sie bei ihren Vertreterbesuchen kennengelernt hatte,

Mädchen, die von ihren Freunden sitzen gelassen worden waren oder sich in verheiratete Männer verliebt hatten oder deren Mütter krank waren oder die Schulden oder Gewichtsprobleme hatten, oder sie erzählte mir, was modebewusste Leute gerade trugen. Sie kochte uns immer Tee, und ich hörte ihr zu und nickte und sagte Sachen wie: »Armes Ding.« Oder ich erkundigte mich nach jemandem, von dem sie bei einem früheren Besuch erzählt hatte. Alles, nur damit sie weiterredete.

Bald gab es Hinweise, dass es ihr allmählich gelang, ein Leben außerhalb der Arbeit zu führen. Die Besuche waren nun später am Abend, und manchmal ging sie, obwohl ich das Licht in meinem Zimmer brennen und die Tür einen Spalt offen ließ, direkt nach oben, auf Zehenspitzen, weil sie wohl dachte, dass sie mich zu so später Stunde nicht mehr stören dürfe und ich schon im Bett sein könnte. Oder sie klopfte nur und streckte kurz den Kopf zur Tür herein, dazu dieses unveränderte Lächeln. Ich sagte ihr, dass es nie zu spät für einen Besuch sei und ich selten vor Mitternacht ins Bett ginge. Sie dachte wahrscheinlich, ich wolle einfach nur höflich sein. Die Tür schloss ich erst, nachdem ich sie nach Hause hatte kommen hören, und fragte mich dabei, ob sie bemerkt hatte, dass ich sie offen gelassen hatte. Natürlich wollte sie vermutlich auch das Risiko nicht eingehen, dass ich vielleicht genug von ihr hatte oder dass wir einander einfach nichts mehr zu sagen hatten. Über ihre Kindheit und Jugend in Somerset hatte ich mit Sicherheit keine Fragen mehr. Und ich konnte ja kaum sagen: Ich will Ihnen jetzt von meiner Zeit in Afrika erzählen, wo übrigens mein Mann ermordet wurde. Ich wäre mir so gern absolut sicher, dass sie damals nicht genug von mir hatte. Denn was hatte ich beigetragen? War es Weisheit, die sie von mir erwartete? Oder Ratschläge? Oder meine Erinnerungen? Sie fragte mich nie wieder. Sie wollte nicht neugierig erscheinen. Wenn ich ihr etwas zu sagen hätte, so dachte sie, würde ich es tun, wenn ich es für angebracht hielte. Immer wenn sie hereinkam, blieb sie kurz stehen und schaute die Regale mit den Büchern und den Papierstapeln darunter an. Vielleicht um sich zu erinnern …

O ja, ich hatte angefangen zu befürchten, dass ich ihr langweilig wurde. Wie Arthur, wenn er sich über kommunale Entwicklung ausließ. Allerdings wollte er nicht, dass die Leute wussten, was *er* tat, nur, was getan wurde. Vielleicht sagte sie zu ihren neu gewonnenen Freunden: »In der Wohnung unter mir lebt diese alte Schachtel, die Unmengen von Büchern hat und die ganze Zeit von Afrika quasselt. Ich schätze, sie ist einsam. Hoffentlich ende ich nicht auch mal so.« Vielleicht sagte sie so etwas zu ihren Eltern. Aber was ich bisher gesagt habe, zeigt hoffentlich eindeutig, dass es mir schwerfiel, auch nur eine Sekunde lang zu glauben, dass Sally je so über mich reden würde. Es sollte auch klar sein, dass ich sie liebte, dass es mir nicht schwerfiel, mich mit diesen Mädchen zu identifizieren, von denen sie mir erzählt hatte, die von ihren Freunden sitzen gelassen worden waren, sich in verheiratete Männer verliebt hatten, deren Mütter mit Lüstlingen oder anderen unerwünschten Existenzen lebten. Ich wollte, dass sie über sich sprach. Ich wollte nicht über mich sprechen, über die ich bereits alles weiß, oder zumindest genug. Ich hatte nicht das geringste Verlangen, sie zu beeindrucken. Vielleicht ist das gar keine Liebe, wenn man sich nur wünscht, ebenfalls geliebt zu werden.

Jetzt im Hochsommer habe ich meinen Ausblick in die Gärten, wo mehr los ist und einige der Fenster gegenüber von Bäumen verdeckt sind. Und wie immer kann ich natürlich meinen Erinnerungen nicht entgehen, die von den langen Abenden noch verstärkt werden. In meinem Alter sind sie alles, was wir noch haben. Es gibt mehr als genug davon, man kann sie endlos sortieren und aufdröseln. Nein, das kann man mit ihnen nicht machen. Sie sind nicht verheddert. Sie kommen und gehen einfach, vertraut und wiederholt, aber immer mit irgendeinem Zusatz, einer Person, einer Situation, einem Ereignis, das man davor vergessen hatte. Zusätzlich zu meinen Büchern und Artikeln schrieb ich zwei Berichte über meine Zeit in Afrika. Ich weiß nicht mehr, warum. Vielleicht dachte ich, dass aus ihnen eines Tages eine Autobiographie, vielleicht sogar ein Roman werden könnte. Jetzt denke ich das nicht mehr. Ich glaube, ich schaue sie noch ein letztes Mal durch, bevor ich sie wegwerfe. Ich will nicht, dass Fremde in den Wahrheiten und Halbwahrheiten meines Lebens stöbern. In diesen

Notizen hat sich die Erinnerung verfestigt, haben Zusammenfassung und Auswahl bereits stattgefunden. Das Abgelegte wurde gelöscht, so dass weniger Raum bleibt für das willkürliche Kommen und Gehen, was die Erinnerung so gut beherrscht, und heraus kommt letztendlich nicht viel mehr als eine beständige Mahnung ans Vergehen der Zeit, an das, was verloren wurde, an das Versagen und die Reue hinter dem Licht der Lampe, von dem der Dichter spricht. Ein anderer Dichter hatte recht: Es ist »eine Luft, die tötet«, erinnert man sich an glückliche Pfade und Länder verlorener Zufriedenheit.

Während ich an einem warmen Sommerabend hier am Fenster sitze, in die Gärten hinausschaue und in den Papieren in diesen beiden Mappen blättere, frage ich mich, was ich da tue, außer mich selbst zu erinnern, die Beweise, dass ich überhaupt gelebt habe, zu prüfen. Es reicht, es reicht durchaus, mehr gibt es nicht, um sich zu orientieren. Weshalb also sitze ich hier und warte auf ein Klopfen an der Tür? Sie waren ganz einfach nur ein Intermezzo, diese Besuche eines Mädchens, das gekommen und gegangen ist, um schließlich selbst teilzunehmen an dieser chaotischen, nebelhaften Parade von Erinnerungen an das, was einmal war. Und im Hinterkopf habe ich jetzt immer die Angst, dass ihr etwas passiert ist, dass sie ein wildes und gefährliches Leben führt mit ihren neuen Freunden. Manchmal stelle ich mir auch vor, dass sie ein gesegnetes Leben zwischen Herd und Hecken führt, mit heranwachsenden Kindern, ein zukünftiges Leben, das wenig zu bieten hat außer Rücksicht und Freundlichkeit, ein paar guten Taten und Seelenfrieden.

Ich frage mich noch immer, warum sie mich besuchte, nach dieser ersten Höflichkeit der persönlichen Vorstellung, jenseits der schlichten Nachbarschaftlichkeit und der Frage, ob sie mir etwas aus dem Laden mitbringen könne. Sie gehörte zu den Menschen, für die dies alles selbstverständlich ist, die ihre Erziehung mit sich herumtragen. Ich konnte mir ihre Eltern vorstellen, die stets ein Auge darauf hatten, welche Hilfe hier oder dort nötig sein könnte. Bei ihrem dritten oder vierten Besuch zeigte sie mir tatsächlich ein Foto von ihnen mit ihrem jüngeren Bruder. Sie zeigte es mir, wie Leute Bilder von ihren Kindern jemandem zeigen, den sie lange nicht gesehen haben. Das Foto war nicht gestellt. Jemand hatte sie in einem sonnigen Garten überrascht, alle taten sie irgendetwas: Ihr Vater hatte einen Rechen in der Hand, ihre Mutter einen leeren Korb, der Junge alberte mit einem Gartenschlauch herum, und Sally selbst beugte sich über ihn, vielleicht um die Richtung des Wasserstrahls zu verändern ... Es war kein großer Garten, das Haus im Hintergrund war eine Doppelhaushälfte wie so viele Millionen überall im Land. Ich schaute das Foto an und dann Sally selbst, sah den Stolz und die Liebe in ihrem Gesicht und dachte: Gott sei Dank, dass es das immer noch gibt. Sie hatte die Hand ausgestreckt, um das Foto zurückzunehmen, aber ich behielt es, um es noch ein wenig länger zu betrachten. Ich tat es, um mehr von Sally selbst zu sehen, in der Art, wie ihre Eltern auf sie herablächelten, während ihre Hände sich über die ihres Bruders an der Düse des Schlauchs legten. Sie hatte einen konzentrierten, aber amüsierten Ausdruck im Gesicht.

»Wollten Sie ihm den Schlauch wegnehmen?«, fragte ich. »Sie sehen ein bisschen verärgert aus.«

»O nein! Er zielte auf ein Eichhörnchen, das Mums Blumenzwiebeln ausgebuddelt hatte. Ich wollte den Strahl länger machen.«

Sie schaute das Foto stirnrunzelnd an, als sie das sagte. Natürlich nicht, um sich zu erinnern. Aber natürlich hatte es bereits begonnen: vergangene Zeiten, die nie wiederkehren. »Wie glücklich wir damals waren«, hätte sie ebenso gut ausrufen können.

Am Anfang blieb sie nur ungefähr eine halbe Stunde, Zeit genug für eine Tasse Tee, aber länger als nötig gewesen wäre, um nur guten Tag zu sagen. Es war, als gäbe es immer etwas, was sie mir sagen wollte, aber nie so recht über die Lippen brachte. Es freute mich, bis zu einem gewissen Grad, als sie mir erzählte, dass sie Freunde gefunden hatte, mit denen sie nach der Arbeit ausging, dass sie, wie es so schön heißt, sich ihr Leben eingerichtet hatte. Und sie hatte erwähnt, dass eine ihrer neuen Freundinnen eine Mitbewohnerin für eine Wohnung suchte, die näher am Stadtzentrum lag. »Das wäre schön«, sagte ich. Eine Pause entstand, anscheinend überlegte sie sich, ob ich das wirklich ernst meinte. Sie wusste bestimmt, dass ich es nicht so meinte. Wie auch immer, vermutlich ist sie einfach nur zu dieser Freundin gezogen. Sie hatte mich seit zehn Tagen nicht besucht, als sie eines frühen Morgens auf Zehenspitzen und mit ihren Koffern in der Hand die Treppe hinunter zu einem wartenden Taxi ging. Vor Aufregung eine alte Dame vergessen. War es so einfach gewesen? Wenn ihr irgendetwas passiert wäre, wären ihre Eltern, die Polizei gekommen ... Das sind die Gedanken, die mir von Zeit zu Zeit immer noch durch den Kopf gehen, während ich in diesen Papieren blättere oder zum Fenster hinausschaue, sehe, was in den Gärten passiert, wie das Sonnenlicht sich verändert, und dabei an die Düse eines Gartenschlauchs denke ...

Als sie mich nach einer Pause von etwa einer Woche zum letzten Mal besuchte, war es kurz nach sieben. Ich versuchte, beiläufig zu klingen.

»Ach, Sie sind's«, sage ich, als ich auf sie zuschlurfte.

Was ich mir verkniff, war: »Wo haben Sie denn die ganze Zeit gesteckt? Ich habe mir Sorgen gemacht.« So etwas stand völlig außer Frage. Davor war sie immer direkt zum Herd gegangen, um den Kessel aufzusetzen. Aber jetzt stand sie in der Tür und schaute mich an wie eine Physiotherapeutin, die sich fragt, wie es mit meiner Mobilität bestellt war. Das ist nicht fair. Sie wartete einfach darauf, dass ich die Frage stellte, die ich nicht zu stellen wagte: Wann ziehen Sie aus? So gab sie mir die Möglichkeit, beiläufig, gleichgültig zu klingen.

»Na, was soll's denn heute sein?«, fragte ich wie immer. »Eine Tasse Tee? Oder wollen Sie vielleicht einen Sherry?«

Sie ging zum Herd, und ich setzte mich wieder in meinen Sessel. »Tee wäre wunderbar«, sagte sie.

Und so saßen wir einander wieder gegenüber und hielten unsere Teetassen in der Hand.

»Und, wie gefällt Ihnen London nach, was sind es jetzt, zwei Monaten?« Wie höflich ich klang, als würde ich bei einer Cocktailparty mit einer Fremden sprechen, mit der ich absolut nichts gemeinsam hatte.

Der Eifer war wieder da. Sie beugte sich vor. »Ich habe ein paar wirklich nette Leute kennengelernt, und wir sind ausgegangen und solche Sachen.«

Sie klang aufgeregt, einfach nur, weil sie mir das erzählen konnte. Aber ich konnte die Fragen noch immer nicht stellen: Was für Sachen, um Himmels willen? Erzählen Sie mir von diesen Leuten. Wie nett sind sie *wirklich*?

»Und wie geht es Ihren Eltern und Ihrem eichhörnchenhassenden Bruder?«

»Ach, ihnen geht es sehr gut. Meine Mutter erzählt mir dauernd von den wunderbaren Jobs, die sie in Taunton inseriert gesehen hat.«

»Und was hat Ihr Vater dazu zu sagen?«

»Ach, nur: ›Also komm, Liebes, das arme Mädchen wird seinen Weg schon machen in der großen, weiten Welt.‹ Solche Sachen. Mein Bruder ist ihrer Meinung. Seine Hausaufgabenhelferin.«

»Ich bin mir sicher, da steckt mehr dahinter.«

Sie schaute in den Garten hinaus. »Natürlich.«

Sie sagte das sehr leise, als sei sie nicht sicher, ob ich es hören sollte. Wieder war ich es, die etwas sagen musste.

»Wie läuft's in der Arbeit? Verkaufen Sie viel Kosmetik?«

Darauf zuckte sie die Achseln, was so gar nicht zu ihr passte, und murmelte: »Schätze schon.«

All diese interessanten Freunde, dachte ich, mit aufregenden Jobs, nicht hinter einer Ladentheke verschanzt, um zu pinseln und zu schmieren. Vielleicht zeigte sich diese Enttäuschung in meinem Gesicht. Sie schaute sich die Bücher an, wie sie es oft tat, wie eine andere Welt, die nichts mit ihr zu tun haben wollte. Dann sagte sie es.

»Nach dem Leben, das Sie geführt haben, und den ganzen Büchern und Afrika und so, dass Sie die Welt gesehen haben … Na ja, da müssen Sie das, was ich tue, doch bestimmt für dumm und sinnlos halten. Glauben Sie, ich sollte mehr aus meinem Leben machen?«

Wie weit ich davon entfernt war, so etwas zu denken! Der Ausdruck in meinem Gesicht, wie musste er gewesen sein, wie muss er jetzt sein? Eine abgehärmte, alte Frau voller Skepsis und Verdrossenheit und Selbstmitleid, alles voller Falten, von links nach rechts und von oben nach unten. Ich habe inzwischen keine Möglichkeit mehr, schlichte Freude und Zuneigung oder auch nur Aufgeschlossenheit auszudrücken. Meine Augen starren mich aus dem Spiegel an. Das Interesse könnte Feindseligkeit sein. In diesen letzten

Jahren in der Bibliothek hörte ich einmal, wie man mich »alte Zicke« nannte. Ich hatte nichts gesagt oder getan, um das zu verdienen, hatte nur auf effektivem Handeln, der Befolgung von Prozeduren bestanden. Es war der Ausdruck der Missbilligung, den ich beständig im Gesicht hatte. Und jetzt hatte Sally ihn entdeckt.

»Bitte, Sally, so könnte ich nie im Leben denken. Wofür Sie sich auch entscheiden, Sie machen das Richtige.« Ich hielt inne. »Ihre Eltern werden immer sehr stolz auf Sie sein.«

Sie trank ihren Tee aus und stand auf. In Gedanken war sie woanders. Sie schaute sich die Bücherregale noch ein letztes Mal an und ging. Aber dieses offenherzige Abschiedslächeln, seine schlichte Herzensgüte, war so wie immer. Konnte es auf dieser Welt, dachte ich, etwas weniger Dummes und Sinnloses geben?

Und so sitze ich nun an diesem Hochsommerabend hier, mit diesen Mappen auf dem Schoß, und denke an Sally, frage mich, wie ich je anfangen könnte, ihr von Afrika zu erzählen, und schaue dabei hinaus, sehe die Schatten über Rasen und Büsche ziehen, lausche den Vögeln, atme den schwachen Geruch gemähten Grases, füge hier einen Satz hinzu, streiche dort einen weg. Wo bist du, Sally, was ist aus dir geworden? Ich sehe die Schatten über das Gras wandern, nicht das Sonnenlicht ... Ich bin mir sicher, dass irgendwo hier drin etwas über Schlangen und Elefanten steht.

II

Wie lang ist es her, dass ich diese Papiere zum letzten Mal durchgesehen habe? Ein Großteil der ersten Mappe wurde nach meiner ersten Rückkehr aus Afrika geschrieben, vielleicht während meines Besuchs bei meinen Eltern in Kanada oder nachdem ich bei Arthurs Eltern gewesen war – mehr davon später. Wie der Bericht sagt, blieb ich, nachdem ich Arthur beerdigt und ihm einen Grabstein organisiert hatte, noch eine Weile.

Zunächst jedoch, wie habe ich ihn kennengelernt? Nach dem Abschluss machte ich mein Diplom in Bibliothekswesen und arbeitete in drei Universitätsbibliotheken, bevor ich mich um eine Stelle bei der Royal Anthropological Society bewarb. Ich hatte keine Lust mehr, in der gigantischen Vielfalt des Wissens hin und her zu springen, und wollte mich auf ein Gebiet spezialisieren, das mich an der Universität schon mehr interessiert hatte als die anderen.

Ich war bereits sechs Monate dort, als Arthur hereinkam und sich nach Material zu einem speziellen Thema erkundigte; es ging um Grundbesitzregularien bei dem afrikanischen Stamm, mit dem er arbeitete. Ich versuchte, ihm zu helfen, wurde aber unter seinem strengen Blick kleinlaut und verwirrt. Ich konnte nicht finden, was er wollte, und am Ende stammelte ich irgendetwas in der Richtung, dass seine Arbeit doch »mächtig interessant« sein müsse. Wieder dieser Blick, und er erwiderte: »Lassen Sie sich von mir auf einen Drink einladen, und ich erzähle Ihnen davon.«

So fing es also an, soweit ich mich erinnere. In zwei Monaten würde er zu seiner dritten Tour nach Afrika aufbrechen, und wir fingen an, Zeit miteinander zu verbringen. Ich nahm Urlaub, und wir besuchten vorwiegend Parks und Gärten. Zweimal fuhr er nach Chester, um seine Eltern zu besuchen. Er wohnte in einem ziemlich heruntergekommenen Kolonial-Club, und an den Abenden gingen wir in Restaurants oder in Konzerte. Das einzige Theaterstück, das wir sahen, war *Blick zurück im Zorn,* an dem er starken Anstoß nahm, und danach ließ er sich, wie ich sagen muss, ziemlich ausführlich darüber aus, was diese albernen, selbstgefälligen jungen Männer sich eigentlich dächten, worüber sie zu meckern hätten, wo es doch in der Welt so viel gebe, was zu tun sei. Sie sollten versuchen, ein wenig gute Musik zu hören, die sie von sich selber ablenken würde, und dann ihr Leben in die Hand nehmen.

Er hatte nicht viel übrig für Konversation und ging gern davon aus, dass ich mit ihm in allem einer Meinung sei. Aber ich darf nicht illoyal ihm gegenüber sein, nicht einmal in Gedanken. Ich erinnere mich an Augenblicke der Zuneigung, und ich schätze, die Wahrheit ist, dass wir, die wir beide Mitte dreißig waren, darin die beste Chance sahen, die wir je bekommen würden, einen »Partner« zu finden, wie es heute heißt. Was für ein Mensch ich war, kann man anhand dieser Papiere beurteilen. Auch wenn ich nicht unbedingt die Amüsanteste war, zeigte ich doch genug Intelligenz, um das Gespräch am Laufen zu halten und nicht nur Stichwortgeberin für ihn zu sein. Und gelegentlich konnte ich ihn sogar dazu bringen, dass er lächelte und meine Hand berührte und einmal gar den Arm um mich legte.

Ich habe ihn bis jetzt ziemlich abschreckend klingen lassen, und das ist er im Lauf der Jahre auch geworden. Ich erinnere mich an Augenblicke der Herzlichkeit, aber seine Leidenschaft galt den Torheiten und Ungerechtigkeiten dieser Welt, damit waren seine Gedanken beschäftigt, und so sollte es auch bei mir sein. Doch in seinen Augen lag, neben oder hinter all der Leidenschaft, auch Freundlichkeit, ja sogar eine Art von Verletztheit. Er brachte mir bei, dass es möglich ist, sich die Dinge zu sehr zu Herzen zu nehmen.

Gegen Ende seines Urlaubs bot er an, mit mir in den Ashridge Park zu fahren, um dort die Rhododendren zu sehen. Er liebte es, wenn alles blühte. Es war, als würde ihm diese Üppigkeit zeigen, wie sehr die Menschheit die Natur im Stich ließ. Auf der Fahrt sprach er über die Arbeit, zu der er bald zurückkehren würde, und ich sagte sehr überstürzt, dass ich am liebsten mit ihm kommen würde. Und ich tat es auch. Meine eigene Welt war so langweilig und vorhersehbar geworden, dass ich mich, schon bevor ich Arthur kennenlernte, danach gesehnt hatte, alldem zu entfliehen und ganz neu anzufangen und so weiter. Meine Ruhelosigkeit und Unzufriedenheit waren bereits vorhanden. So war er, in einer Formulierung, die, glaube ich, keiner von uns je benutzt hätte, eine »Erhörung meiner Gebete«. Nach einer Pause schaute er mich an und sagte: »Warum tust du es nicht?« Ich weiß noch, dass ich errötete und zum Fenster hinausschaute, völlig verwirrt und sprachlos.

Der Tag in Ashridge ist festgehalten in einem Text, den ich zu der Zeit schrieb, ich glaube, bald nach unserer Ankunft. Bin ich ihm je auch nur annähernd gerecht geworden? Ich liebte ihn wirklich, kann aber nicht sagen, wie viel Mitleid und Bewunderung darin mitschwang. Das ist jetzt fast fünfzig Jahre her. Die Papiere müssen für sich selber sprechen. Woran soll man sich denn sonst halten? So fängt der Bericht an:

Arthur war so viel unterwegs, was blieb mir deshalb anderes übrig, als zu lesen und die Sprache zu lernen? Binnen eines Jahres beherrschte ich sie so gut, dass das Institut in der Hauptstadt mich als Feldforscherin anstellte. Meine Aufgabe war es, in einer Gemeinde, die etwa zehn Meilen von der Station entfernt lag, die Überschneidungen zwischen Clans und matrilinearen Gruppen und die daraus resultierenden Rechte und Pflichten zu untersuchen. Die aus Abstammung und Verwandtschaft entstehenden Beziehungen waren unendlich komplex, und ich tat mich, trotz der Hilfe eines Übersetzers, sehr schwer damit. So gab es zum Beispiel zehn Wörter für »Clan«, und einige davon wurden auch für matrilineare Gruppen verwendet. Aber langsam lernte ich, die Überbegriffe herauszusuchen und die Variationen und Ausnahmen mit ihnen zu verknüpfen. Als Arthur starb, konnte ich zu einem untergeordneten Thema sogar ein eigenes Essay einreichen. Ich blieb da, weil es für das Hauptprojekt viel zu viel Arbeit gab, die ich nicht einfach liegen lassen konnte, vor allem angesichts der Ungewissheiten des politischen Aufruhrs und der bevorstehenden Unabhängigkeit …

Das klingt ein wenig schwerfällig. Die ganze Zeit entdecke ich ein gewisses verzweifeltes Bemühen, zu den Fakten zu kommen, bevor sie sich in Luft auflösen. Ich frage mich, inwieweit die mühsamen Gespräche mit diesen geduldigen Dorfbewohnern mir ganz einfach etwas zu tun und damit das Gefühl gaben, nicht ganz unnütz zu sein. Vielleicht ließen sie mir das Leben sogar lebenswerter erscheinen. Wie unglücklich war ich als Arthurs Frau in diesem grellen, staubigen afrikanischen Sonnenlicht? Eine Zeit heraufzubeschwören jenseits der Erinnerung an die Sohlen seiner Stiefel, die auf der Ladefläche eines Landrover unter der Decke herausragen, die über seiner Leiche liegt, fällt mir schwer. Ich musste mich nach seiner Rückkehr von der Tour gesehnt haben, ich kann mich aber nicht erinnern, jemals Freude auf seinem Gesicht gesehen zu haben, wenn ich nach draußen kam, um ihn zu begrüßen. Hier nun, was ich über den Tag im Ashridge Park schrieb, den Tag, als er mir den Heiratsantrag machte. Für wen war das geschrieben? Mit Sicherheit nicht für Arthur. Er hätte es für »viel zu affektiert« gehalten. Für mich selbst, um meine literarischen Ambitionen zu testen? Oder ein Versuch, mehr aus meinem Leben zu machen, indem ich es aufschrieb? Vielleicht vermittelt es einen gewissen Eindruck von meiner Einsamkeit.

... ein Frühsommernachmittag, ich schlendere mit einer grauen Strickjacke über der Schulter im Park durch die Reihen der Rhododendren, hoch wie Bäume. Das Sonnenlicht strömt durch die Pinien und Zedern, es tränkt die warme Luft mit ihrem Duft, so dass nur mein Mund und die Nase die Brise nicht spüren. In den Tiefen der Sträucher ist es feucht und kühl, und die Stimmen schnattern. Arthur geht hinter mir, summend, einen Stock schwingend, ohne die geringsten Anstalten zu machen. Als ich langsamer werde, bleibt er hinter mir. Ich gehe schräg von einem Rand der Allee zum anderen, um in seiner Reichweite zu bleiben. Aber nein, er geht geradeaus, genau in der Mitte, so selbstbewusst und entschlossen wie immer. Ich habe mich weiter von ihm entfernt. Er ist einen halben Kopf kleiner als ich, so

dass ich sein Gesicht nicht sehen kann, ohne neugierig zu wirken. Ich dachte, weiter entfernt davon, mir einen Heiratsantrag zu machen, kann er nicht sein, sein Schiff fährt in einer Woche, und in seinem Kopf hat er nur die Perfektionierbarkeit der Welt. »Lass mich in Ruhe.« Das würde er nie sagen. Er würde nur die Augen verdrehen und die Schultern straffen, wenn ich nach ihm selbst fragen würde. Nur Menschheit, Gerechtigkeit, moralische Fragen bringen ihn auf Trab, wenn man zu einem Urteil kommen muss. Dann seine Wutausbrüche. Ich will nicht, dass er mir zu nahe kommt, den Schweiß auf meiner Stirn sieht, meine Schmierigkeit, die Feuchtigkeitsperlen, die aus meinen Poren sickern, die Flecken, die sich auf meinen Wangen und am Hals bilden, Vorzeichen all dessen, was ich unter der afrikanischen Sonne sein werde. Und dann holte er mich ein und fasste mich von hinten an den Schultern und sagte: »Naomi, ich frage mich, ob du einverstanden wärst, meine Frau zu werden.« Ich nickte nur, und er schaute sich um, ob wir auch nicht beobachtet wurden, und dann küsste er mich auf die Stirn. »Ich bin ein glücklicher Mann«, sagte er, bevor wir weitergingen, jetzt Arm in Arm ... O nein, mein Geliebter, dein Groll war nie gegen mich gerichtet. Nie. Ich kann ihn immer beruhigen, einfach indem ich seinen Arm fasse und ihn drücke. Dann spüre ich die Liebe, in der Besänftigung und der Dankbarkeit ...

Genug davon, wie Arthur gesagt hätte. Er mochte das belletristische Schreiben nicht, weil es die Wahrheit schönte und die Leere überdeckte. Wie unglücklich war ich? Angeheftet an diesen Text ist etwas noch Traurigeres, das ich völlig vergessen hatte. Anscheinend hatte ich ihn vor ihm versteckt, diesen nicht abgeschickten Brief, das nicht gelebte Leben. Ich schäme mich, ihn geschrieben zu haben. Was für ein Jammerlappen muss ich gewesen sein! Und welche Freude muss es mir im Gegensatz dazu bereitet haben, in diese komplizierten Leben einzutauchen, diese Geduld und Langmut zu erfahren, diese Bereitschaft, mit einer völlig Fremden zu reden, diese Freimütigkeit, o Gott ... Ich sehe Leah, die mich mit Tränen in den Augen anschaut.

Mein lieber Arthur,
ich weiß, es muss Menschen geben, die die Sorgen dieser Welt nicht einfach abschütteln können, die nur Pflichten haben und keine Rechte. Hat uns nicht Matthew Arnold das gelehrt? Ich meine, schuldige Menschen, die keine Geburtstage feiern. Eine törichte Feier im Angesicht der Welt, hast du einmal gesagt, aber du hast mir ein Fünf-Jahres-Tagebuch und ein Töpfchen parfümierte Hautcreme geschenkt, oder habe ich mir nur eingebildet, dass du mir an diesem Tag etwas geschenkt hast, und mir die Sachen selber gekauft? Und da war dieses wunderbare Halstuch. Ich schreibe dies, weil ich diesmal vielleicht das Richtige sagen kann, das letzte Wort, und dann können wir einander in Frieden lassen. Ich grüble zu viel über mich selber nach, hast du gesagt. Worüber könnte ich denn sonst nach-

grübeln? Ich sitze allein herum, lege Patiencen, lese anthropologische Bücher und historische Romane, lerne die Sprache, trinke Kaffee mit den anderen Frauen. Ich will nicht noch einen Ausschlag bekommen. Ich weiß nicht einmal, ob du mich liebst. Als ich in der Hauptstadt ankam und du mich am Zug abgeholt hast, habe ich sofort Magenprobleme bekommen, und du hast mich gefragt, was ich über deinen Brief denke, in dem du mir deine neue Arbeit beschrieben hast. Du hast gesagt, ich könne unberechenbar sein, und hast über mein Unwohlsein gegrinst. Ich habe mich nicht getraut, dir zu sagen, wie schlecht mir war, habe mich nur auf dieses feuchte, moderig riechende Bett in dieser grässlichen Unterkunft geworfen, den Kopf an einen Riss in der grauen Wand gedrückt, gestöhnt und die Eidechsen gezählt. So geht das nicht, hast du gesagt, so geht das nie und nimmer. Du hast von Entschlossenheit gesprochen, koch das Wasser ab, versäume nie … Ich war so dumm, so kindisch, ich habe gehofft, du würdest mich »Hase« nennen, nachdem ich dir erzählt hatte, dass das in der Schule mein Spitzname gewesen war. Aber du hast es nie getan. Ich wollte mit dir reden, aber du hast mir stattdessen einen Arzt besorgt und mich in »Frieden« gelassen, weil du ins Sekretariat musstest. Die ersten Wochen nach der Ankunft in der Station tat ich nichts anderes, als ins kochende Wasser zu starren und mich zu fragen, ob du meine Fehler ertragen kannst, ohne zu wissen, was sie sind. Und als es mir dann wieder besser ging und du mich in dein Bett nahmst … Es tut mir leid, Arthur, ich kann mich nur noch erinnern, dass ich mir den Kopf zerbrach, wie viel Parfum ich auflegen sollte, wie ich die sinnlichen Details in einer Wolke trüben könnte, vielleicht die Lampe löschen und die dunkelbraunen Köpervorhänge aufziehen und das Mondlicht hereinlassen ... Hast du den Kopf an mich gedrückt, nur um zu schnuppern? Du hast kein Wort gesagt, nicht einmal ein Flüstern, überhaupt nichts. Über mich selber nachzudenken hieß in diesem Augenblick zu überlegen, was du denkst. Als wir in der Woche vor deiner Abreise im Park spazieren gingen, drehte ich mich um, und du warst nicht da. Zu meinen Füßen lagen ein paar zarte rosa Blütenblätter. Ich rief leise deinen Namen. Du hast das Schrille, die erhobene Stimme, schon immer gehasst. Und dann sah ich dich, du warst über ein altes Vogelnest gebeugt. »Komm, schau dir das an«, hast du gesagt, »wie raffiniert das gemacht ist.« Du hast es zerlegt, Stück für Stück, und ich dachte mir: Jetzt versucht er, sich über mich klar zu werden, da alles andere im Leben schon entschieden ist. Wieder und wieder habe ich mir gesagt, wenn du mich nicht geliebt hättest, wärst du nicht so beharrlich geblieben, hättest mir nicht geschrieben und mich gebeten, zu dir zu kommen, sobald ich könne ...

War dieser Brief hier zu Ende, oder sollte da noch mehr kommen? Ich muss ihn am Anfang geschrieben haben, während einer seiner Abwesenheiten. Was für ein elendes, selbstmitleidiges Ding das doch ist! Natürlich steckte viel mehr dahinter. Ich werde nie erfahren, wie viel er in seinen Gemeinden erreichte: die Frauengruppen, das Dachdecken mit Stroh, die Wasserversorgungsprojekte und die Gesundheitskampagnen, die Arbeit mit Schulen, die Gründung von Landwirtschafts- und Fischereikooperativen, der Gemüseanbau und die Landreform, die kleinen Schreinerei- und Reparaturwerkstätten. Er erzählte mir von allem, was er tat, zeigte mir Dias, er wollte das alles mit mir teilen. Und die ganze Zeit dachte ich, er ist viel lieber da draußen bei ihnen als bei mir. Und damals wusste ich auch noch nicht, was ich später über ihn aus der Zeit erfuhr, bevor wir uns kennenlernten. Ich frage mich, ob es etwas geändert hätte, ob ich mich weniger nach ihm gesehnt hätte. Vielleicht hätte ich dann nicht gedacht, dass er ganz einfach in sein eigenes Schicksal verliebt war.

Ich muss leider sagen, dass er bei seinen Kollegen nicht sehr beliebt war. Belanglose Konversation lag ihm nicht, und er konnte sehr barsch und ungehobelt wirken. Aber bei seinen Projekten brauchte er ihre Kooperation und umgekehrt ebenso. Er besaß vielleicht keinen Charme, aber er konnte die Ehrerbietung in Person sein, wenn es darum ging, »sie bei der Stange zu halten«. Er bot stets seine Hilfe an und war äußerst gewissenhaft, wenn er für andere Aufgaben übernahm oder Dinge erledigte. Aber nichts davon machte ihn liebenswerter. Nach seinem Tod schrieb ich ihm noch einmal:

Es tut mir leid, dass ich nicht bei dir war, als du starbst. Es tut mir leid, dass es kein stiller Tod war. Vielleicht hättest du mir noch letzte, klare, liebevolle Dinge gesagt. Ich dachte früher oft, du seist erbarmungslos. Darüber muss ich jetzt hinwegsehen. Ich habe dir einmal eine schöne, neue Buschweste mit vier großen Taschen gekauft, und sie hat dir gefallen. Du hast mich an den Schultern gefasst und mich an dich gedrückt, und ich habe still gefleht, dass du so bei mir bleibst, dein wunderschöner, kleiner, harter Körper. Und du hast gesagt: »Es wird nicht für immer sein, dieses Herumtreiben. Ich weiß sehr gut … Diese Anthropologie, die du machst, das ist schon eine gute Sache …«

Wurden diese Fragmente aufbewahrt, um mich an Arthur zu erinnern, bevor seine Leiche an diesem Abend in die Boma gebracht wurde? Damit ich mir vorstellen kann, wie unser Leben hätte sein können, wenn wir in einer anderen Welt gelebt hätten? Der Bericht geht weiter:

John Pryor, der Distriktskommissar, kam, um es mir zu sagen, und fragte dann, ob ich ihn noch einmal sehen wollte, bevor sie seine Leiche wegbrachten. Ich ging nicht nahe heran. Seine Beine ragten unter der Decke auf der Pritsche des Landrover hervor: die abgetretenen Sohlen seiner braunen Stiefel, die Khakisocken, die ich in der Woche davor gewaschen hatte. John Pryor legte den Arm um mich. Er war ein förmlicher Mann, so dass diese Geste mich überraschte. Ich wollte auf den Landrover zugehen, aber er hielt mich zurück. Er schüttelte den Kopf und hielt mich fester und fragte mich dann, ob ich ein oder zwei

Nächte bei ihm und seiner Frau verbringen wolle. Sie war eine freundliche, aber energische Frau, die ein großes Aufhebens gemacht hätte, und das hätte Arthur überhaupt nicht gefallen. »Er war ein guter Mann«, sagte John Pryor. »Ein wirklich bemerkenswerter Mann. Man wird ihn sehr vermissen.« Ich ging weg und hörte den Landrover hinter mir davonfahren. Ich trauerte nicht. Ich konnte Arthur flüstern hören: »Sei ein gutes Mädchen und mach einfach weiter. Bringt doch nichts, lang drüber nachzudenken ...«

Später in unserem Bungalow hörte ich nicht diese Stimme. Es war eine andere Stimme, eine freundliche und liebevolle, die sagte, es sei nicht für ewig, er wisse, wie schwer es für mich sei und dass das Leben hier nicht gerade toll sei, aber wir würden uns irgendwo anders niederlassen, die Einheimischen würden ja bald übernehmen, und dann sei seine Arbeit getan, es tue ihm wirklich leid, aber es sei ihm sehr wichtig, die Welt als einen besseren Ort zu hinterlassen. Es war die Stimme von jemandem, den ich kaum erkannte, der diese Dinge vielleicht eines Tages gesagt hätte. Es war eine Stimme, die zu hören ich mich anstrengte, damit die Vorstellung sich über die Erinnerung legte. Eine Andeutung davon hatte es gegeben, als er mir das Halstuch schenkte und die Buschweste anzog und mich einen Augenblick lang in seinen Armen hielt, doch als er den Landrover kommen hörte, ließ er mich abrupt wieder los. Ich legte ihm den Arm um die Taille, um seinen Wutausbruch zu beenden, denn der Wagen kam zu spät. Vielleicht, dachte ich, ist meine Liebe dafür da. Vielleicht hat er mich deshalb geheiratet, wegen der beruhigenden Wirkung der Kameradschaft. Immer, immer wenn er wegen einem Fahrer oder sonst jemandem die Geduld verlor, ging er danach zu demjenigen hin und entschuldigte sich und bot seine Hand an. Der Hausbursche trug seinen Koffer nach draußen, und ich stand auf der Veranda und winkte ihm zum Abschied und fragte mich, ob es nur Einbildung war, dass er mir als Antwort eine Kusshand zuwarf.

Der Häuptling und ein anderer Mann kamen aus dem Dorf, in dem er gearbeitet hatte. Sie sagten, es tue ihnen leid und sie »hätten Scham«. Mehr sagten sie nicht. Ich kniff die Augen zusammen, weil die Sonne tief stand und mich blendete. Sie waren fast den ganzen Tag zu Fuß unterwegs gewesen, um mich zu besuchen. Nachdem sie zweimal geklatscht und mir beide die Hand hingestreckt hatten, waren sie sehr still und suchten meinen Blick, nicht um zu wissen, ob ich trauerte oder wie ich mich fühlte, sondern, so schien es, als wollten sie mir Kraft geben, den Schmerz zu ertragen. Ich dankte ihnen und schaffte es, ihnen zu sagen, wie gern Arthur mit ihnen gearbeitet hatte, was für Hoffnungen er für sie gehabt hatte. Sie kauerten sich in den Staub und nickten nicht einmal. Ich ging ins Haus und kam später wieder heraus, und sie waren noch da. Ich fragte, ob sie Wasser wollten, und ging es holen, ohne auf ihre Antwort zu warten. Sie tranken, rührten sich aber noch immer nicht. Ich dankte ihnen noch einmal und ging wieder hinein und legte mich auf mein Bett und schlief. Die Sonne ging gerade unter, als ich wieder nach draußen ging. Sie waren verschwunden, aber neben der Türschwelle stand ein irdener Krug, der Rand reich verziert mit Sternen und Wellenlinien. Sie hatten ihn neben dem Pfad versteckt, weil sie nicht damit ankommen wollten, als wäre es irgendein Friedensangebot oder ein Zeichen der Wiedergutmachung. Das war eins der Dinge, die Arthur eingeführt hatte – die Herstellung von glasierten, irdenen Krügen, für die er den Brennofen gebaut hatte. Er hatte mir ein Foto einer Gruppe lachender Frauen gezeigt, eine hielt den ersten Krug in die Höhe, den sie gemacht hatte. Eine andere hielt einen Weidenkorb. Mit so viel Stolz erzählte mir Arthur oft von den Männern, die er aufgetrieben hatte, damit sie den Leuten im Dorf das Dachdecken mit Stroh und andere verbesserte und vermarktbare Fähigkeiten beibrachten. In der folgenden Woche stand ein Korb auf meiner Schwelle, ganz ähnlich wie der, den die Frau gehalten hatte, vielleicht sogar dieser Korb selbst. Da weinte ich zum ersten Mal, weil ich an diese lachenden Gesichter auf dem Foto dachte, mir Arthur hinter der Kamera vorstellte und aus den Gesichtern der Frauen schloss, dass er ebenfalls lachte …

Und jetzt meine ersten Notizen über Leah. In diesen Seiten muss ich öfter geblättert haben, denn meine Erinnerung an sie ist klarer als der Rest, in ihrem geblümten Kleid und mit ihrem schelmischen Lächeln hebt sie sich ab von den anderen – genau so habe ich sie kennengelernt. Wenn ich sie jetzt wieder vor mir sehe, weichen die afrikanischen Dörfer und die Landschaft hinter ihr in staubigen Dunst zurück, und sie wird eine lebendige Seele inmitten von Geistern. Für einige Augenblicke kann ich verdrängen, was später aus ihr wurde. Um den Bericht fortzuführen:

Als ich meine Befragungen durchführte, wurde ich auf eine junge Frau aufmerksam, die etwa vierzig Meter entfernt im Schatten einer Hütte saß. Wenn meine Informanten kamen und gingen und ich sie meinen oft eintönigen Fragen unterwarf, ließ ich mich nicht gern ablenken und war mir des bunten Dorflebens um mich herum oft kaum bewusst – die nach Futter suchenden Hunde und Hühner und Ziegen, die Frauen und Kinder, die vor der Hitze flohen. Sie lenkte mich ab, wie sie so still im Schatten saß, ihre Augen hervorleuchteten, die Hände unverbunden im Schoß ruhten. Sie war nicht immer da, aber wenn, dann schien sie sich kaum zu bewegen, wie eine Wächterin oder Hüterin …

Es gibt hier ein Zwischenstück, da ich mich offensichtlich gezwungen fühlte, meine Zweifel über das, was ich hier überhaupt tat, aufzuschreiben, dass ich mich in das afrikanische Dorfleben einmischte und Theorien entwickelte über Menschen, die sich immer wieder meinem Verständnis entzogen, über die Arroganz dieser Beschäftigung. Ich habe eben ein Essay von Kapuschinski über die enorme Vielfalt der Stammes- und Clangruppen in Afrika gelesen, jede mit eigenen Bräuchen, Beziehungsgeflechten, Glaubensrichtungen und Sprachformen. Er fragt sich, wie es zu diesen Wucherungen kommen konnte, diesem Gefühl dafür, was »allein uns zu eigen« ist, und diesen entsetzlichen Feindseligkeiten, die daraus entstanden. Es hatte keine wachsende Einheit der Menschen gegeben, sondern eine zunehmende Trennung und Unterteilung, so dass, was im hellen Licht des Tages als gleich in Gesicht und Lebensart erschien, verschwand, sobald die Dunkelheit hereinbrach. Dieses Unsichtbare hinter Wort und Bedeutung war vielleicht ein Teil der Zweifel, die ich in Bezug auf meine Arbeit entwickelte. Ob sie etwas mit Arthur und meinem Unglücklichsein zu tun hatten, kann ich nicht mehr sagen, weil es zu lange her ist. Folgendes habe ich geschrieben:

Es lief nicht gut, und ich sollte hier hinzufügen, dass ich als Illustration der Komplexität der Familienbeziehungen eine Liste mit zweiundvierzig Begriffen zur Beschreibung von Beziehungen erstellt habe, die mir helfen sollte herauszufinden, was für Rechte und Pflichten jede Beziehung mit sich bringen konnte. Aber es waren Zeiten des Übergangs und der Veränderung, so dass »Individuen immer mehr das Recht hatten, ihre eigenen Ziele zu verfolgen und den Beschränkungen althergebrachter Bindungen zu entfliehen«. Die Formulierung stammt aus einem Papier mit dem Titel »Bandbreite pragmatischer Variablen«, das ich dem Direktor schickte, weil ich seine Meinung dazu hören wollte. Es war kaum mehr als ein Ausdruck meiner Frustration darüber, dass die Leute Definitionen der Kontinuität, der Ordnung und der Stabilität beharrlich aus dem Weg gingen. Ich schlug eine Reihe von Fallstudien im gesamten Distrikt vor, um zu demonstrieren, dass die wachsende Macht ehebasierter Familieneinheiten, der Verkauf von Agrarprodukten und die Möglichkeiten einer bezahlten Beschäftigung in ständigem Konflikt mit der Verbreitung von matrilinearen und anderen Verwandtschaftsverhältnissen stand. Der Direktor meinte, er sei bis zu einem gewissen Punkt meiner Meinung, aber soziologische Spekulationen gehörten eher nicht zu seinem augenblicklichen Forschungsprojekt über »Heiratsvorbereitung«, wofür er sich von mir mehr detaillierte Fakten erhoffte. Ich gab mir die größte Mühe, aber ich konnte mit niemandem reden, ohne mich zu fragen, durch welches komplexe Hinterland aus traditionellen Beziehungen die Betreffenden definiert sein könnten oder definiert sein wollten. So brachte ich also Tag um Tag zu, fragte, hörte zu, schrieb auf und bemühte mich, diese Masse an komplizierten Individuen mit meiner Kompetenz und meinem Verständnis zu erfassen, und natürlich herrschte auch in ihren Köpfen Verwirrung. Ich hatte immer das Gefühl, keinen Boden unter den Füßen zu haben …

Das »soziologische« Papier, das ich schrieb, ist noch immer in diesem Ordner. Pompöses Geschwurbel. Keine Ahnung, warum ich es aufgehoben habe. Vielleicht habe ich es einfach nie geschafft, es wegzuwerfen. Jetzt ist es nicht mehr wichtig, und ich muss zurückkehren zu meinem Bericht über die Begegnung mit der jungen Frau, die mich aus dem Schatten der Hütte heraus beobachtete:

Leah war ein Extremfall. Hin und wieder entstand ihretwegen ein Streit, oder genauer, Frauen und gelegentlich auch Männer bauten sich vor ihr auf, um sie wegen verschiedenster Sünden zu tadeln: nicht kochen, kein Wasser holen, keine Arbeit auf dem Feld, nicht auf ein Kind aufpassen, nicht ihre Verwandten auf eine Reihe anderer Arten unterstützen. Sie saß einfach nur da mit dem Kinn in den Händen und weigerte sich, darauf zu reagieren. Manchmal ging sie mit einem wissenden Lächeln an mir vorbei, als wollte sie sagen, ich könnte auch von ihr etwas lernen. Sie wäre sowieso irgendwann an die Reihe gekommen.

Sie schien überhaupt nicht zu dem Dorf zu gehören, als wäre sie durch Zufall dort hängen geblieben und würde bald weiterziehen. So trug sie zum Beispiel Schuhe, rote Schnürschuhe, und ein Kleid mit Blumenmuster – ganz anders als die übrigen Frauen, die barfuß gingen und die üblichen hellblau gestreiften Röcke und Kittelblusen trugen. Sie ging mit kurzen Schritten, so gut wie ohne Hüftschwung und Armschlenkern, als wollte sie nicht, dass man ihren schlanken, wohlgeformten Körper bemerkte. Das Verblüffendste an ihr waren ihre Augen. Anfangs dachte ich, sie hätte sich die Wimpern getuscht und die Lider schwarz angemalt, weil ihr Blick so hell strahlte. Und hatte sie nicht auch einen Hauch Rouge auf den Wangen? Ihre Haare waren geflochten und in kleinen Schnecken um die Ohren gelegt. Und wenn sie mich anlächelte, hielt sie das Lächeln zu lange, als wollte sie ihre makellosen Zähne zeigen. Es war, als könnten Staub und Dreck ihr nichts anhaben, ihr Gesicht und ihr Kleid strahlten immer wie frisch gewaschen …

III

Es ist dieser Blick aus schwarzen Lidern, den ich manchmal noch sehe, als wäre es gestern. Er scheint zu sagen: »Du kannst sehen, wie viel ich aus meinem Leben machen könnte, wenn ich wirklich wollte. Du kannst sehen, wie glücklich ich sein könnte, wenn ich nur von alldem hier weg wäre. Du kannst sehen, wie schön ich bin.« Ja, auch nachdem das alles passiert ist, kurz vor dem Ende meines Lebens, da alle anderen Erinnerungen schnell verblassen, erscheint mir ihr Gesicht, ihr Lächeln noch immer so, wie es beim ersten Mal war, kurz vor dem Einschlafen oder ganz plötzlich, wenn ich nur die Augen schließe und die ungebetenen Erinnerungen über die gespenstische Landschaft ziehen. So etwas gibt es: Wo man es am wenigsten erwartet, tritt wie aus dem Nichts eine verblüffende Schönheit ans Licht. Das passiert in der Musik – transzendierende, atemberaubende Melodien, die aus alltäglichen Rhythmen und Harmonien entstehen. Zu überschwänglich. Arthur hätte das überhaupt nicht gefallen. Um mit der Erzählung fortzufahren:

Jeder, den ich befragte, war ganz erpicht aufs Erzählen, vor allem, wenn es um die Bräuche und Verpflichtungen des

Heiratens ging. Wenn andere vorbeikamen und eine Antwort mithörten, nickten sie oder lachten manchmal zustimmend oder zweifelnd. Ich hatte das Gefühl, sie wollten mir, wie kompliziert das alles auch sein mochte, zu verstehen geben, dass sie, auch wenn sie nicht einer Meinung waren, so doch einer Stammesgemeinschaft angehörten, die wichtiger war als individuelle Uneinigkeiten darüber, was richtig und angemessen war. Die Geister schwebten über ihnen. Ich bekam einige heftige Streitereien mit, und zweimal hörte ich, wie eine Frau von ihrem Ehemann angeschrien wurde. Aber sie waren vereint in ihrem Eifer, ihre Geschichte zu erzählen, zu erklären, wie die Dinge sich im Lauf der Jahre verändert hatten und sich jetzt mehr denn je veränderten. Denn auch sie würden sich bald zu den Geistern gesellen und waren rechenschaftspflichtig. Es kam gar nicht in Frage, dass irgendjemand sagte: Glaube kein Wort von dem, was er oder sie sagt. Das war genau das, was Karen Blixen als den »Stolz, ihren Vater und ihre Mutter zu ehren« bezeichnet hatte.

Bei Leah war das anders: Ich verbrachte den größten Teil eines Vormittags mit ihr, und wenn Leute vorbeigingen, schauten sie manchmal mit einem Zungenschnalzen oder einem Kopfschütteln auf sie herab. Es war kaum überraschend.

Sie hasste das Dorfleben, seine Berechenbarkeit und Langeweile, auch wenn sie nicht die Worte für solche Dinge hatte, sondern einfach nur sagte: »Es ist alles immer gleich.« Ihre Standard-3-Schulausbildung fand ein Ende, als sie kurz nach der Pubertät ein Kind bekam. Dann heiratete sie einen Mann, der einen guten Job bei der Eisenbahn hatte und sie mitnahm in die Stadt. Aber er behandelte sie schlecht, stellte anderen Frauen nach und empfand keine Treuepflicht mehr gegenüber dem alten Dorfleben. Seine Familie hatte nur den halben Brautpreis gezahlt und war ständig im Streit mit ihrer Familie, trotz der Verwandtschaftsbeziehungen. Ihr Kind war in der Obhut ihrer Großmutter in einem anderen Dorf, und als ihr Ehemann eine andere Frau in seine Hütte auf dem Eisenbahngelände brachte und sie davonjagte, war sie nach Hause zurückgekehrt. Sie wusste nicht, wo sie sonst hingehen sollte.

Ich erzählte Arthur von ihr, und er hörte geduldig zu, als ich versuchte, ihm zu erklären, wie anders sie war und dass sie nicht dazupasste. Ich fragte ihn, ob es einen Kurs in kommunaler Entwicklung gebe, den sie besuchen könne. Aber er war eben von einer Tour zurückgekehrt und müde. Er hatte keine Fortschritte gemacht bei dem Versuch, eine neue Gruppe von Dörfern für ein neues Projekt zu interessieren, hatte im Gegenteil sogar Feindseligkeit erfahren. »Ein Haufen gottverdammter Politiker«, sagte er. »Erzählen jedem, dass ich nur einer von diesen weißen Männern bin, die ihnen ihr Land klauen wollen. Haben mich davongejagt. So gut wie. Na ja, aber aufgeben werde ich nicht, ich kämpfe weiter, das ist mal klar.« Die Vorstellung, dass er bei einem seiner Projekte die Geduld verlor und wütend wurde, gefiel mir gar nicht: wenn Leute nicht erschienen, ein Bohrloch nicht funktionierte, Arbeiten an einem Gebäude oder einer Straße nicht erledigt wurden. Zu Hause marschierte er dann auf und ab und murmelte, das »sei doch die Höhe«, und ich versuchte, ihn zu besänftigen, brachte ihm eine Tasse Tee und legte ihm die Hand auf die Schulter. Letztendlich gab er sich dann immer selber die Schuld. Aufgeben kam für ihn nie in Frage.

Er war also nicht in Stimmung, etwas über Leah zu hören. Wenn er über seine Arbeit sprach, die Erfolge und Misserfolge, dann war es, als müsste er sich vor einem moralischen Gericht der Nachwelt irgendwo über meinem Kopf rechtfertigen. Auch wenn er sein Bestes gegeben hatte, warum hatte er nicht mehr getan? Seine Stirn lag permanent in Falten. Er war nicht fähig, mit irgendetwas zufrieden zu sein, geschweige denn mit sich selbst.

Wir waren einmal bei den Pryors zum Abendessen eingeladen, und Arthur sprach über nichts anderes als über seine Arbeit, bis Eleanor Pryor mit erhobenem Finger zu ihm sagte: »Sie können die Welt nicht ändern, wissen Sie, und Sie sollten auch nicht glauben, dass Sie es können.«

Sie hatte mit Verärgerung in der Stimme gesprochen, so dass ihr Mann hinzufügen musste: »Vielleicht, meine Liebe, aber wichtig ist, dass man es wenigstens probiert, und zwar so großartig, wie Arthur es tut.« Dann wandte er sich mir zu und versuchte, dem Thema etwas von seinem Ernst zu nehmen. »Und was denken Sie, Naomi, da Sie ja mit diesem strengen Zuchtmeister verheiratet sind?«

Ich schaute Arthur an und glaubte in diesem Augenblick, dass für ihn nicht nur das Urteil der Nachwelt von Bedeutung war. Er wollte, dass auch mir seine Arbeit wichtig war. Er wollte, dass ich stolz auf ihn war. Ich hörte diese andere eingebildete Stimme sagen, dass es nicht für ewig sei, dass es für uns noch ein anderes, von gemeinsamer Arbeit erfülltes Leben geben würde. So etwas hatte ich zuvor noch nie empfunden. Ich hatte gedacht, ich sei nur da, um seinen Tiraden zuzuhören, ein unfreiwilliges Publikum. Jetzt lag Liebe und Respekt in seiner Miene, und nicht nur um des äußeren Scheins willen. Ich glaubte, dass die Ermutigung, die er mir für meine anthropologische Arbeit gegeben hatte, aufrichtig war, dass er sie nicht nur für eine fesselnde Nebenbeschäftigung hielt, mit der ich mir die Zeit vertrieb. Ich hatte zwei seiner erfolgreichen Projekte besucht und hatte gesehen, wie stolz er war. Ich erinnerte mich, wie er einer Frau einen Korb abnahm und ihn mir zeigte, wie er ihn drehte und auf die Muster und Farben hinwies und mir sagte, für wie viel er zu verkaufen sei. Ich erinnerte mich an das schüchterne Lächeln der Frau, während sie sich kurz über die Farbstoffe unterhielten, die sie verwendet hatte. Es war ein verschwörerisches Lächeln, das ich zuvor noch nicht gesehen hatte: wir gegen den Rest der Welt. An all das erinnerte ich mich, als ich sagte: »Da muss ich erst darüber nachdenken, aber so aus dem Handgelenk heraus würde ich sagen, ich kann mir nicht vorstellen, wie man sein Leben besser verbringen könnte.«

Arthur hörte für einige Sekunden zu essen auf. Das

Stirnrunzeln war verschwunden. Aber es gab kein Lächeln. Keine Anerkennung. Beides war nicht nötig. Ich vermute, wir waren nie glücklicher miteinander gewesen. Dann legte er Messer und Gabel weg und sagte: »Das ist mein Mädchen. Das verstehe ich unter Loyalität.«

Ich wusste, dass er viel mehr damit meinte. Eleanor Pryor lachte. Sie hatte die Signale verstanden und sagte: »Von wegen Loyalität, Arthur. Sie hat recht.«

Sie legte ihre Hand auf meine, und ich war sehr gerührt. Ich hatte Tränen in den Augen. Arthur aß noch immer nicht weiter, und ich sah, dass auch er gerührt war. John Pryor füllte unsere Gläser, legte Arthur die Hand auf die Schulter und sagte: »Wenn es euch beide glücklich macht und außerdem noch eine Menge anderer Menschen glücklicher, als sie es ansonsten je gewesen wären, was gibt es da noch zu sagen? Wir werden alle bald ausgemustert werden. Wollen doch was hinterlassen, wenn wir können.«

Arthur nickte mir zu und legte die Stirn nun wieder in Falten. »Ich glaube nicht, dass wir in diese Welt geschickt werden, um glücklich zu sein, oder?«

Die Entspanntheit des Augenblicks war verschwunden. Er hatte seine wichtigtuerische, dogmatische Stimme wiedergefunden und mich und auch die anderen daran erinnert, dass er keinen Funken Humor im Leib hatte.

»Das war jetzt aber ein bisschen sehr verbissen, nicht?«, sagte Eleanor Pryor.

Ein verlegenes Schweigen entstand, bis John Pryor beide Hände hob und sagte: »Ich muss gestehen, ich fürchte, ich war selbst auch ein bisschen zu sehr ein Mann von Recht und Ordnung.«

Das verärgerte Eleanor. Nun war es an ihr, Loyalität zu beweisen, und sie sagte etwas lauter, als sie beabsichtigt hatte: »Unsinn, mein Lieber, du hast sehr viel …«

Er unterbrach sie und erwiderte mit gesenkter Stimme: »Vielleicht, aber nicht genug, bei weitem nicht genug. Aber wie viele von uns waren dazu überhaupt in der Lage und haben dann auch etwas getan?«

Arthur sagte nichts, und die Unterhaltung wandte sich der Frage zu, wie weit die Unabhängigkeit noch entfernt sei und wie viel Zeit uns bleibe.

»Je eher wir die Dinge in Bewegung bringen können, desto besser«, verkündete Arthur.

Er grinste mich wieder an und rückte Messer und Gabel mit Nachdruck zurecht. In seinem Lächeln lag Zufriedenheit, auf jeden Fall mit mir, aber noch mehr mit der Aussicht, dass noch Arbeit auf ihn wartete.

»So ist's recht«, erwiderte John Pryor.

Kurz danach muss es gewesen sein, dass ich ihm von Leah erzählte, und anfangs hörte er mir wie gesagt kaum zu, sondern sprach zu der Nachwelt über meinem Kopf. Ich versuchte eine theoretischere Herangehensweise: Sie sei ein Beispiel für jemanden, der zwischen den Welten hing, der alten Welt der Traditionen und Gebräuche, die die Leute aneinanderband, und der neuen Welt der individuellen Wahlmöglichkeiten und Chancen, die sie auseinandertrieb – ein Beispiel dafür, dass »die moralischen, spirituellen, psychologischen Brücken einzustürzen begonnen hatten, was eine unspezifische Unzufriedenheit auslöste«. Ich fürchte, ich redete so hochgestochen mit Arthur, weil diese Formulierung aus einer Fußnote zu einem weiteren Papier stammte, das ich ans Institut geschickt hatte und auf das der Direktor geschrieben hatte: »Ein guter Gedanke, Naomi, aber tiefe Wasser, in die meine Kompetenz, so fürchte ich, nicht hinabreicht.«

Arthurs Antwort zeugte von plötzlichem Zorn. »Wie diese verdammten Politiker. Denen ist doch alles egal, immer nur dieses wichtigtuerische, theoretische Gequassel.«

Ich hatte ihn in seinem Gedankengang unterbrochen, aber dann nickte er und pflichtete mir bei, dass es tatsächlich so klinge, als sei Leah wie eins der Opfer, die weder hierher noch dorthin gehörten. Das sei auch der Grund, warum er das Dorfleben so unbedingt stärken und bereichern, warum er diese Kluft überbrücken wolle, um daraus einen Ort mit besseren Häusern und sanitären Anlagen und Verdienstmöglichkeiten zu machen, einen Ort, zu dem jeder gern zurückkehren wolle. Er predigte schon wieder, Leah war vergessen.

Ich schloss die Augen und sah Leahs forschenden Blick, sah, wie sie in meinen Augen nach einer Antwort suchte. Ich sah ihre Tränen, als sie über ihr Baby sprach, ihren Mann, die Feinde, die sie jetzt umringten. Ich konnte mir einfach nicht vorstellen, dass sie hinausging, um das Feld zu bestellen, oder Mais und Hirse stampfte und kochte oder zum Fluss stapfte, um Wasser zu holen, oder tanzte und plauderte und die hundert anderen Dinge tat, die das Dorfleben ausmachten.

Arthur stand auf, um ins Bett zu gehen. Er sah meinen Kummer und sagte: »Es gibt viele solcher Opfer, und es wird noch mehr geben. Zwischen zwei Welten. Was kann man da tun?«

Er gähnte, ging aber doch nicht ins Bett, sondern wandte sich ab, um noch einen Blick in den kommunalen Entwicklungsplan für die Provinz zu werfen, der seinen Ruf noch vergrößern würde, wobei er auf Letzteres keinen einzigen Gedanken verschwendet hätte. Ruhm und Ehre bedeuteten ihm gar nichts, sein Kopf war voll mit idealen Gemeinden überall auf der Landkarte, in denen gewöhnliche Leute zusammenarbeiteten, um außergewöhnliche Dinge zu schaffen.

Ich hatte eine Unmenge von Fragen an Leah, Fragen über ihre Ehe und den Brautpreis und die Verantwortlichkeiten für das Kind. Ich wollte, dass sie so lange wie möglich bei mir blieb. Doch sie schüttelte nur immer wieder den Kopf und schaute sich um, als fürchtete sie, beobachtet zu werden. Es lag nicht daran, dass sie die Antworten nicht wusste. Es lag daran, dass die Fragen absolut nichts mit der tiefen Verzweiflung in ihrem Leben zu tun hatten. Die Tränen blieben unvergossen. Sie schaute mich an, als gäbe es auf der Welt sonst niemanden, auf den sie sich verlassen könnte. Sie fragte mich sogar, ob ich sie nach der Geburt meines Kindes als Kindermädchen anstellen würde. Es gebe kein Kind, sagte ich ihr, aber wie jeder andere konnte auch sie nicht glauben, dass eine Frau nicht irgendwann ein Kind erwarten würde. Was für eine Aussicht wäre das gewesen: Leah und ihr Kind, die auf meins aufpassten!

Schließlich wurde sie wütend von einer Frau weggeholt, die verlangte, sie solle Wasser holen. Als ich Arthur von ihr erzählte, hatte ich das Bild vor Augen, wie ihr aus dem Eimer auf ihrem Kopf Wasser übers Gesicht spritzte, als würden die Tränen nun doch endlich fließen.

Arthur arbeitete weiter an seinem Plan, während ich versuchte, ein Diagramm von Verwandtschaftsbeziehungen fertigzustellen. Schließlich stand er auf und sagte: »Kommst du auch ins Bett?«

Ich suchte nach Zeichen der Lust in seinem Gesicht – wem gestehe ich das? Ist es fürs Archiv? Um mir in fünfzig Jahren zu sagen, wie es einmal für mich war? Oder einfach nur, um die Wahrheit sagen? Er starrte mich an und wusste, was ich dachte.

»Das Mädchen, das du erwähnt hast. Armes Kind. Wie du sagst, zwischen zwei Welten. Könnte die Chavumba Mission etwas für sie sein? Es gibt dort ein Waisenhaus.«

Leah hatte uns zusammengebracht. Wir lächelten einander an. Es war wie damals im Ashridge Park, als er ein altes Vogelnest untersuchte. Es war, als hätten wir uns wieder verliebt oder zum ersten Mal oder als wären wir so nahe dran, wie wir je kommen würden. Es war unsere unterschiedliche Arbeit, die uns so in Anspruch nahm, die uns aber jetzt für einen Augenblick vereinte. Auch darin liegt Wahrheit …

Das habe ich zu der Zeit geschrieben, als ich nach Arthurs Tod nach all dem suchte, was hätte sein können, nach einer Liebe, die es vielleicht nie gab, auf seiner Seite oder möglicherweise auch auf meiner. Ich habe immer versucht, in Arthur nur das Beste zu sehen, das Beste in uns beiden. Und ich weiß jetzt, was mein jüngeres Ich nicht wusste. Die Phantasie ist ständig zugange. Das können wir nicht verhindern. Wenn es um die Vergangenheit geht, können wir die Einmischung dessen, was hätte sein können, nicht verhindern. Nichts für Sally hier, das ist mal sicher. Zu akademisch, zu persönlich. Um mit dem Bericht fortzufahren:

Am nächsten Tag bot ich Leah an, sie zur Mission zu bringen. Sie wollte sofort aufbrechen, ließ sich aber nicht davon abbringen, sich bis zum Äußersten herauszuputzen, mit Lippenstift, Rouge und zwei zusätzlichen geflochtenen Schnecken in den Haaren. Ihr Kleid war makellos, wie immer. Nichts davon war auch nur im Entferntesten angemessen für die Mission, die für ihre evangelikalische Strenge berüchtigt war. Wie Pastor Brubaker bei unserer bis dahin einzigen Begegnung zu mir gesagt hatte: »Wir müssen auf der Hut sein vor den Auswirkungen jedes Verhaltens, das auch nur in irgendeiner Weise als schamlos erscheinen könnte.« Ich versuchte, Leah das klarzumachen, indem ich die Lippen spitzte, die Fingerspitzen wie zum Gebet aneinanderlegte und ihr sagte, sie solle einen schlichten blauen Kittel mit Rock anziehen, und mir schließlich mit den Fingern übers Gesicht fuhr, um anzudeuten, sie solle sich wieder abschminken. Worauf sie ihre Augen bedeckte und kicherte.

Und so saßen wir am nächsten Tag im Landrover und holperten über die staubige Lehmstraße zur Mission. Sie plauderte fröhlich über ihr Leben, als wäre die Vergangenheit bereits ein anderes Land. Der Fahrer, ein mürrischer Mann aus einem anderen Stamm, schüttelte von Zeit zu Zeit den Kopf über die Geschichten, die sie vom Verhalten der jungen Leute in der Stadt erzählte, über die Bierhallen und Hinterhöfe, was alles auf Promiskuität hindeutete. Ja, sie war glücklich an diesem Tag, während ich sie von Zeit zu Zeit daran erinnerte, dass sie einen guten Eindruck machen müsse, Bescheidenheit und Respekt zeigen solle und dass sie, falls die Mission ihr eine Stellung anbiete, die Schule besuchen und sich eines Tages zur Lehrerin oder Krankenschwester oder Ambulanzhelferin ausbilden lassen könne. Sie klatschte in die Hände und lächelte, denn in ihrem Kopf nahmen bereits andere Zukunftsvisionen Gestalt an.

Arthur hatte bei einem seiner Projekte mit der Mission zusammengearbeitet, und sie planten ein gemeinsames Programm, bei dem es vorwiegend um eine medizinische Ambulanz und eine Grundschule ging, die die Mission gerade eröffnete. Arthur war kein Christ, aber das durften sie nicht wissen. Er betrachtete Missionen mit ihren Schulen,

Gesundheitsdiensten und den Berufsausbildungsprogrammen im Allgemeinen als »nützlich« für die Stärkung dörflicher Gemeinschaften. »Die wollen auch was erreichen, ich kann nur sagen, viel Glück, und wenn man sie auf seiner Seite haben will, muss man sich eben abfinden mit den ganzen Cassava-Kuchen und den Fruchtsäften und der Frömmelei und dem ganzen ›Wann wurden Sie gerettet‹.« Er respektierte sie wegen ihrer Hingabe, so wie sie ihn respektierten und in seiner Schuld standen. Sie hatten ein gemeinsames Anliegen und »zum Teufel mit der Motivation«.

Pastor Brubaker empfing mich mit seiner üblichen besorgten Herzensgüte. Er hatte eine gewisse Ambiguität an sich. Dieser unerschütterliche, tiefe, verhohlene Blick ins Innerste der Seele, mit dem er den vorherrschenden Unglauben der Welt herausforderte, und im Gegensatz dazu die ständig nagende Frage, was er denn noch mehr tun sollte, um Gottes Willen zu erfüllen. Völlig sicher und völlig unsicher. Er verströmte Rücksicht und Anteilnahme, die Verpflichtungen christlicher Liebe. Wie sonst hätte er, ohne ein gerüttelt Maß davon, sein Leben der ungedankten Arbeit inmitten verständnisloser Heiden widmen können?

Ich überbrachte ihm eine Nachricht von Arthur über die Finanzierung von Wellblech und Ziegeln für die Ambulanz, während Leah außer Sichtweite draußen saß. Er war sehr erfreut, rieb sich die Hände und sagte mehr als einmal, dass man den Herrn (warum nicht auch Arthur, fragte ich mich) preisen müsse. Als ich schließlich meinen Mut zusammennahm und ihn fragte, ob er für Leah Arbeit finden könne, konnte er sich kaum weigern. Mit gesenktem Blick schlurfte sie herein, die Miene demütig und züchtig, und sie beantwortete alle Fragen sowohl in Englisch wie in ihrer Muttersprache mit großer Klarheit und einer gewissen Intelligenz oder auch Gerissenheit. Sie sagte, sie wolle eines Tages eine Qualifikation erreichen, in der Zwischenzeit aber wolle sie Erfahrung in der Arbeit mit Kindern gewinnen. Sie sah jünger aus als ihre achtzehn Jahre, aber sie log nicht über ihre kurze Ehe und die Zeit, die sie unter Eisenbahnern verbracht hatte. Auf meinen Rat hin erwähnte sie ihr Kind nicht. Sie war auf einer der Schulen der Mission gewesen und sang nun die ersten Zeilen von »Was für ein Freund ist mir Jesus«. Ich fürchtete, das könnte etwas übertrieben wirken, aber Pastor Brubaker summte mit und versprach sofort, sie als »Helferin« im Waisenhaus aufzunehmen. Leah faltete die Hände zum Gebet und dankte ihm in beiden Sprachen. »Du solltest unserem Herrn Jesus danken«, sagte Pastor Brubaker, und Leahs Augen füllten sich mit Freudentränen. Freude empfand auch ich, als ich ihr zum Abschied winkte, und sie winkte eifrig zurück, bis eine junge Frau kam und sie davonführte …

Hier endet die erste Erzählung: Ich schaute Leah nach, wie sie zum Waisenhaus geführt wurde. Ich meine mich zu erinnern, dass ich mich beim Abschied zu ihr hinunterbeugte und ihr ins Ohr flüsterte, sie solle auf ihren Gang achten. Natürlich kann ich unmöglich etwas dergleichen gesagt haben. Falls ja, war es dann sexueller Neid? So etwas sagt mir meine Phantasie, wenn die Erinnerung versagt.

Ich vermute, ich erzählte Arthur, dass die Mission sie für das Waisenhaus aufgenommen hatte, aber seine Gedanken waren zweifellos woanders. Ich habe noch eine andere Erinnerung an diesen Tag, die mir schon mehr als einmal gekommen ist. Auf der Fahrt nach Hause hielten wir einmal am Straßenrand an. Die Sonne stand bereits tief, und die Schatten färbten den Fels rötlich braun und tauchten die Bäume in einen feinen Hauch blassesten Goldes. In der Ferne schlängelte sich der Fluss aus den Hügeln heraus und funkelte silbern. Es war diese riesige, vielfarbige afrikanische Ferne, die auch die Forschungsreisenden so faszinierte, vor der der Mensch klein wird bis zum Verschwinden, als würde er bereits mit der Vergangenheit verschmelzen bis hin zu dem Punkt in der Zeit, als alles begann. Eine großartige, mysteriöse Zeitlosigkeit. Ich kann das jetzt sehen, ohne es mir vorstellen zu müssen – Leah, die um die Ecke des Waisenhauses verschwindet, als würde sie die Welt ins Vergessen führen.

Viele Jahre später stieß ich in Doris Lessings Einführung zu ihren »Gesammelten Afrikanischen Geschichten« auf folgenden Satz: »Es ist kein Ort, den man besucht, wenn man nicht willens ist, danach für alle Zeiten verbannt zu sein aus einem unerklärlichen, majestätischen Schweigen, das knapp über der Grenze von Erinnerung und Gedanken liegt.« Jetzt, da der Sommer vergeht und das Gras in den Gärten braun wird, wünsche ich mir mehr als alles andere, ich könnte dies mit Arthur teilen. Obwohl er wahrscheinlich gesagt hätte, das sei zu hochgestochen für ihn. Wie auch immer, genau dort ist er geblieben, mit Herz und Seele.

Ich begrub ihn auf einem Hügel ganz in der Nähe der Stelle, wo wir auf dem Rückweg von der Mission anhielten und über die Hügel hinunterschauten auf den Fluss. Ich habe ein Foto des Grabsteins mit dem Namen und den Lebensdaten. Er war sechsunddreißig Jahre alt. Das Motto, das ich aussuchte, war: »Laborare est Orare«. Ich kann mich nicht erinnern, woher es stammt. Ich glaube nicht, dass ich es damals wusste. Es war einfach nur einer dieser Sätze, die einem im Gedächtnis bleiben. Ich vermute, inzwischen ist der Stein überwuchert und von der Straße aus nicht mehr sichtbar, und kein Mensch besucht ihn je. Labson ist sicher schon viele Jahre tot. Lieber, guter Labson!

Ich erinnere mich jetzt ganz deutlich. Es war der Ort, zu dem Arthur mich an unserem ersten Sonntag in der Station führte. »Komm mit«, sagte er. »Ich habe da einen Platz, den ich dir zeigen möchte. Wird dich ein bisschen aufheitern.«

Als wir dort ankamen, standen wir eine Weile Hand in Hand da. »Da hast du es«, sagte er. »Das ganze verdammte Afrika zu deinen Füßen.«

Es war atemberaubend und heiterte mich tatsächlich ein wenig auf. Er saß mit dem Rücken zur Aussicht, während wir picknickten. An diesem Tag herrschte eine Intimität zwischen uns, und ich weiß noch, dass ich ihn fragte, warum er den Ausblick nicht genießen wolle.

»Schätze, manchmal ertrage ich die Gewaltigkeit des Ganzen einfach nicht.«

Dann lächelte er, was er selten tat, und hielt einen Augenblick lang meine Hand. Ich dachte, er sei stolz, dass er mich an einen so großartigen Ort bringen konnte, und glaube sogar, er habe eine gute Chance, mich glücklich zu machen.

Aber der Augenblick verging, und er fügte hinzu: »Na, schau's dir einfach an, wie es sich ausdehnt bis in die weite Ferne. Erinnert uns daran, wie unwichtig wir im Vergleich sind. Völlig unwichtig. Das ist dir doch bewusst, oder?«

Es ist merkwürdig, sich fünfzig Jahre später so deutlich an diesen Augenblick zu erinnern. Von diesem ersten Besuch in der Mission mit Leah zu lesen brachte das alles wieder zurück. Unsere Unwichtigkeit? Das ist doch sicher nicht die Art von Botschaft, die ich an Sally weitergeben möchte, oder?

IV

Mal sehen, was ich als Nächstes geschrieben habe:

Ich blieb noch etwa drei Monate. John Pryor versuchte mich zu überreden, nach Hause zurückzukehren und noch einmal ganz neu anzufangen. »Damit Sie Abstand gewinnen zu Ihren Erinnerungen.« Es sei nicht nötig, sagte er mir, dass ich zum Prozess bliebe. Arthurs Mörder waren schnell gefasst worden, als sie versuchten, samt der gestohlenen Geldkassette die Grenze zu überqueren. Arthur hatte jene Gruppe Dörfer besucht, wo er auf Feindseligkeiten (»diese verdammten Politiker«) gestoßen war, und es hatte eine »Auseinandersetzung« gegeben, als Arthur darauf bestand, im Garten des Häuptlings in der Nähe eines Bohrlochs einen Bauplatz für die Ambulanz freizuräumen. Das zumindest erzählte mir John Pryor, nachdem er der Polizei zwei seiner Distriktsboten als Begleitung mitgegeben hatte …

Angeheftet an diesen Absatz ist ein Zeitungsausschnitt ganz unten in der Mappe, das Papier vergilbt vom Alter und der Druck verschmiert. Ich kann mir nicht vorstellen, warum ich ihn aufbewahrt habe. Zu dem Artikel gehört ein Foto von zwei Männern, die den Betrachter mit einer Miene anstarren, die auf den ersten Blick wie gleichgültige Verächtlichkeit wirkt, sich dann aber als Ausdruck sprachlosen Entsetzens erweist. Warum habe ich das aufbewahrt, wenn ich nie die Absicht hatte, es je wieder anzuschauen? Warum wollte ich daran erinnert werden, dass es keine politischen Agitatoren mit einem echten Anliegen waren, sondern gewöhnliche Diebe? Meiner Erinnerung nach war es John Pryor, der mir sagte, dass sie mit Pangas auf Arthurs Kopf eingehackt hätten, als er schlief. Vielleicht wollte er mich glauben machen, er »habe gar nichts mitbekommen«. Aber aus dem Artikel über den Prozess weiß ich, dass das nicht stimmte, dass Arthur sie überrascht hatte, als sie die Geldkassette stahlen, und sich mit ihnen auf einen Kampf eingelassen hatte. Vage erinnere ich mich, John Pryor gesagt zu haben, er hätte nicht versuchen sollen, mir die Zeitung vorzuenthalten, die er eben in einer Schublade seines Schreibtisches verstecken wollte. Genau wissen kann ich das jetzt nicht mehr, ich erinnere mich nur noch an den verwirrten Ausdruck auf seinem Gesicht, den ich davor noch nie gesehen hatte. Doch das ist jetzt nicht mehr wichtig, da man die Wahrheit auf die eine oder andere Weise immer erfährt. Um mit den nächsten fünf oder sechs Seiten fortzufahren:

Ich sagte John Pryor, ich könne meine Recherchearbeit nicht aufgeben, und er war so gut, mir in der Boma einen Teilzeitjob zu geben, ich sollte ein wenig Ordnung in die

Papiere des Distrikts bringen und ein paar Sekretariatsarbeiten erledigen. Die meiste Zeit verbrachte ich jedoch draußen in den Dörfern, stellte meine endlosen Fragen und schickte die Ergebnisse ein. Ich war darin inzwischen ziemlich tüchtig, und der Anthropologe war so freundlich, mir zu sagen, dass das Projekt ohne mich sehr viel unvollständiger gewesen wäre. Vielleicht habe ich mir das nur eingebildet, aber nach Arthurs Tod schien meine Aufgabe einfacher zu werden, meine Informanten gaben sich noch größere Mühe, mir klare und verständliche Antworten zu geben. Bildete ich mir auch das Mitleid in ihren Augen ein, weil ich wollte, dass es mehr als nur Neugier war?

Ich bin mir sicher, alle wollten einfach nur, dass ich wegging, denn ich streifte durch die Station wie ein Geist, wollte nur allein gelassen werden und nicht reden. Eleanor Pryor lud mich oft zu sich ein, aber ich lehnte immer ab. Sie war als Einzige ziemlich unverblümt. »Sie dürfen nicht so viel grübeln«, schärfte sie mir ein. »Wenn Sie schon in diesem Haus bleiben, mit Erinnerungen an Arthur überall um Sie herum.« Sie, nicht ihr Mann, hätte mir den Arm um die Schultern legen sollen, aber das war nicht ihre Art. Nach all diesen harten Jahren war das Zeigen von Gefühlen eine Sentimentalität geworden.

Abgesehen von diesem Blick in die Zeitung verfolgte ich den Prozess nicht. Ich wollte keine weiteren Varianten der Erinnerung an Arthur. Eleanor Pryor hatte recht: Er war überall um mich herum. Ich ertappte mich dabei, wie ich mit ihm redete. Es war seine andere, die vorgestellte Stimme, die ich hörte. Ich sagte ihm, dass wir eines Tages ein anderes Leben miteinander haben würden, vielleicht in unserem eigenen Land, wo wir ländlichen Gemeinden bei der Landwirtschaft helfen könnten. Oft sprach ich zu ihm, um die echte Stimme, an die ich mich erinnerte, zum Verstummen zu bringen, die herrische, kompromisslose Stimme, die zu irgendetwas über meinem Kopf sprach. Ich fürchtete, dass beide Stimmen, sobald ich wegginge, entfernter und schwächer werden würden und ich sie irgendwann vielleicht gar nicht mehr hörte. Ich wollte Arthur nicht an die Erinnerung verlieren. Denn solange ich blieb, blieb er lebendig. Zumindest muss ich so oder ähnlich empfunden haben, wenn man nach den Notizen aus der Zeit geht, da es oft direkt an Arthur gerichtete Antworten auf etwas waren, das ich ihn sagen gehört hatte. Die Stimmen wurden lauter, und manchmal bekamen sicher auch andere mit, wie ich mit mir selber sprach. Letztendlich musste ich gehen. Der Anthropologe, zweifellos bestens instruiert von John Pryor, meinte, ich hätte meinen Anteil der Arbeit an dem Projekt abgeschlossen, und er habe im Augenblick keine weiteren Aufgaben für mich. Und als die Sekretärin des Distriktskommissars aus dem Urlaub zurückkehrte, endete die Arbeit in der Boma ebenfalls.

An meinem letzten Abend luden die Pryors mich zum Essen ein. Sie wussten nicht, was sie zu mir sagen sollten; sie wollten nicht über Arthur reden, ohne zu wissen, was ich hören wollte, denn noch hallten die Echos seiner Auslassungen bei früheren Gelegenheiten nach, und sie wollten mich auch nicht noch einmal nach meinen Plänen fragen, da ich ihnen schon oft genug gesagt hatte, ich hätte keine Ahnung.

»Wir werden Sie vermissen, Naomi«, sagte John Pryor. »Und unsere anthropologischen Freunde ebenfalls. Man spricht in den höchsten Tönen von Ihnen, wenn ich das sagen darf.«

Erst nach einer kurzen Pause verkündete seine Frau: »Heute Morgen hat man die Mistkerle übrigens gehängt.«

Sie schaute mich erwartungsvoll an, wie ich reagieren würde, während ihr Mann seine Serviette zusammenfaltete und abrupt aufstand. Wie hätte ich denn reagieren sollen? Mir die Hände reiben und »Gut so!« oder »Gott sei Dank sind wir die los!« sagen?

Sie sollten nicht wissen, dass Arthur nicht an die Todesstrafe glaubte. Er glaubte an die Perfektionierbarkeit des Menschen. Er glaubte, dass die Schlechtigkeit der Welt wiedergutzumachen war, dass das der Grund war, warum man ihn in die Welt geschickt hatte. Er wollte nicht zulassen, dass irgendein verdammter Politiker seine Pläne für eine Ambulanz neben einem Bohrloch vereitelte; der ganze Plan war in seinem Kopf bereits fertig. In diesem Augenblick konnte ich seine Stimme hören: klar, sicher, im Bewusstsein, das Richtige zu tun. Und jeder, wer es auch sein mochte, was er auch getan haben mochte, hatte das Recht, daran teilzunehmen, wie lange es auch dauern mochte. Das war einer seiner Lieblingssätze: Man muss den Menschen helfen, ihr Erbe anzutreten. Deshalb sagte ich nichts, hatte nur das grausige Bild vor Augen, wie in den Gesichtern jener beiden Diebe das Entsetzen immer stärker wurde.

Ansonsten kann ich mich an nichts mehr erinnern, was an diesem Abend gesagt wurde. Am nächsten Morgen kamen sie zu mir, um sich zu verabschieden. Trotz ihrer robusten Standhaftigkeit (»Wir mussten einfach weiterwursteln«, sagte sie einmal) wirkten sie plötzlich schwach und einsam, so dass ich das Gefühl hatte, sie im Stich zu lassen. Es gab auch noch andere Offizielle in der Station, aber das waren vorwiegend Neuankömmlinge, mit denen sie wenig gemeinsam zu haben schienen – durch und durch anständige, hart arbeitende Leute, die sich gegenseitig besuchten, Darts und Karten spielten und Bier tranken und am Wochenende zum Fluss fuhren, um zu picknicken und mit Steinen nach den Krokodilen am anderen Ufer zu werfen. Sie hatten ihre Aufgaben, sie versuchten, das Leben der Menschen zu verbessern in den Bereichen der Landwirtschaft, der Gesundheit, der Erziehung, der tierärztlichen Versorgung und so weiter. Nein, das ist ihnen gegenüber nicht fair. Sie waren so vielfältig, wie alle Menschen und ihre Motive es sind. Wie kann man von der Vielfalt nicht überwältigt sein, außer man steckt sie in Schubladen? Sie hielten die Pryors für hochnäsig, aber so war die Provinzverwaltung damals eben. Ich weiß nicht, was sie über Arthur dachten, außer dass er ein bisschen »komisch« war, vermute ich mal, und dass ihm gelegentlich der Geduldsfaden riss. Für ihn gab es auf jeden Fall kein Dartsspielen. Schon bei dem Gedanken daran muss ich grinsen.

All das ging mir flüchtig durch den Kopf, als ich ihnen zum Abschied winkte und sie in ihrer Einsamkeit sah. Wie oft hatten sie ihren Kindern zum Abschied gewinkt, wenn sie wieder ins Internat fuhren, den Kindern, die jetzt erwachsen und auf der Universität waren? Ein Foto von den beiden, ein Junge und ein Mädchen, stand mitten auf ihrem Kaminsims. Sie schauten es oft an, fragten sich vielleicht, wo all die Jahre geblieben waren. Ich sagte es einmal zu Arthur – wie einsam sie wirkten, wie sehr sie ihre Kinder vermissen mussten, da sie immer wieder gezwungen waren, Abschied zu nehmen. Nach einer langen Pause sagte er: »Was ist im Leben schon etwas wert, wenn man keinen Preis dafür bezahlen muss?«

Jetzt, während sie weiterwinkten, bis der Landrover außer Sicht war (und dabei anfingen, wie es im Gedicht heißt, »kleiner und klarer mit den Jahren« zu werden), schien ihre ganze forsche Selbstsicherheit sie verlassen zu haben. Und in nicht allzu ferner Zeit würden auch sie sich endgültig auf den Heimweg machen, sich irgendwo auf dem Land ein Cottage kaufen, sich für »lokale Belange« engagieren, in unendlich kleinerem Maßstab, als sie es gewohnt waren, würden von Kindern und Enkelkindern besucht werden und versuchen, keine Langweiler zu sein für diejenigen, die viel weniger vom Leben gehabt hatten als sie, die das alles vermissten. Und wenn sie geneigte

Gesellschaft hatten, die gern Geschichten aus Afrika in der »guten alten Zeit« hörte, dann sagten sie vielleicht: »In der letzten Station wurde einer ermordet. Hatte eine Geldkassette. Hat sich viel zu sehr eingelassen. Mischte sich überhaupt gern ein, um ehrlich zu sein. Ziemlich aufbrausend. Gattin ist so eine Art Anthropologin. Bin nie so recht schlau geworden aus ihm. Ich hoffe, seine Frau schon, die arme Seele.«

Das sind die Stimmen der Vorstellung, und dazu gehört auch die Frage, was einige über uns gesagt haben mochten: wohl dass wir Opfer waren. Aber nicht die Pryors. Wenn sie an einem Sonntag nach der Messe in ihrem Cottage ein oder zwei Drinks anboten, hätte ihr Stolz ihnen nie erlaubt, sich zu Klatsch hinreißen zu lassen, sie würden nie verraten, woran sie früher geglaubt hatten, und sich an Arthur nur untereinander erinnern. Das sage ich mir zumindest, während ich noch vor mir sehe, dass sie sich nicht abwandten, sondern winkten, bis ich außer Sicht war, nun ohne die Autorität, von der sie immer gewusst hatten, dass sie ihnen eines Tages aus den Händen gleiten würde und dass es so auch richtig war. Es gibt Zeilen, die dazu passen: »Tumult und Geschrei ersterben zugleich; Hauptleute und Könige gehen dahin: Doch Bestand hat dein Opfer uralt: Ein demütiges, reuiges Herz … Auf dass wir nicht vergessen – auf dass wir nicht vergessen …«

Ich habe seit langer Zeit nichts von alldem gelesen, und ich muss sagen, ich finde es ziemlich rührend: mein unverbittertes, jüngeres Ich, das in den Menschen nur das Beste sieht und doch das Schlimmste für sie fürchtet. Es gibt heutzutage nur noch wenige, die so zu denken »akzeptabel« finden. Und womit ich noch nicht zu Rande gekommen bin, gar nicht versucht habe, damit zu Rande zu kommen, ist die Frage, was ich jetzt für Arthur empfinde. Die Wahrheit ist, ich habe ihn einfach in die unveränderliche Vergangenheit dahinschwinden lassen. Wie sollte ich Sally von Arthur erzählen, ohne dass sich Gleichgültigkeit und eine gewisse Überheblichkeit einschleichen? Später – falls ich das noch finde – habe ich etwas über meinen Besuch bei Arthurs Eltern geschrieben, aber mit den Jahren hat sein Tod mich immer weniger berührt. Wenn es nicht möglich ist, Dinge auszulöschen, so ist es doch möglich, sie zu reduzieren.

Aber nein, bei der erneuten Lektüre dieser Papiere begreife ich, dass ich Arthur insofern vergessen, aus meinen Gedanken gelöscht habe, als ich keine Erinnerung an ihn habe jenseits der brutalen Bilder seines Sterbens – seine gute Arbeit und all seine Bemühungen, auch all seine Fehler, die vielleicht undeutlicher, aber immer liebenswerter geworden sind, all das wurde überlagert von diesen Bildern, den grausamen, entsetzten Gesichtern seiner Mörder, das Letzte, was er im Leben sah. Ich konnte seinem Andenken in keiner Weise gerecht werden, ich konnte es einfach nicht. Und schließlich ist auch all dies überlagert von Dingen, die ich erst nach seinem Tod erfuhr;

ich muss mir eine Person vorstellen, die ich kaum kannte, muss mich fragen, wie anders es gewesen wäre, wenn ich gewusst hätte ... Es dreht sich alles immer im Kreis, und ich habe genug davon. Ich habe genug von Arthur. Ach du meine Güte, ich glaube, ich will nicht, dass Sally das liest.

Und jetzt, da ich von diesem Abschied lese, erinnere ich mich plötzlich sehr deutlich an diese fernen, traurigen, nahezu tapferen Wesen, die den Anstand hatten zu winken, bis ich außer Sicht war. Ich sehe sie als Verkörperung der Worte Doris Lessings: »... danach für alle Zeiten verbannt zu sein«. Ich denke daran, wie nett sie zu uns waren, uns zum Abendessen einluden und Arthur ohne das geringste Zeichen von Herablassung ertrugen, und ich spüre, dass ich zum ersten Mal seit vielen Jahren Tränen in den Augen habe. (Plötzlich fällt es mir wieder ein, auch wir haben sie einmal zum Abendessen eingeladen. Arthur versuchte, eine ungekochte Rote Rübe zu schneiden, ich verbrannte den Braten zu einem verschrumpelten Kohlestück, und die Süßkartoffeln waren unreif und zu wenig gekocht. Ich sehe vor mir, wie sie versuchten, ohne auch nur den Anflug eines Grinsens damit umzugehen, während Arthur schwadronierte, als hätten wir das Bankett des Jahrhunderts, oder eher, als wäre Essen etwas, das im Verhältnis zu den wichtigen Dingen dieser Welt ohne jede Bedeutung war. Meine Tränen versiegen, und ich lache laut auf. Dieses schreckliche Abendessen ist wenigstens etwas, das ich Sally erzählen könnte, im Gegensatz zu vielen anderen Dingen.)

Vor meiner Abreise fuhr ich noch einmal zur Chavumba Mission, und der Grund dafür war, wie ich vermute, dieser Brief vom guten Pastor Brubaker, der an die nächsten paar Seiten geheftet ist.

Liebe Mrs. Marshall,
mit großem Entsetzen und tiefer Trauer haben wir gestern vom Tod Ihres geliebten Arthur erfahren. Ich weiß nicht, ob Sie an unseren gepriesenen Herrn Jesus Christus glauben, doch wenn Sie es tun, werden Sie mit ganzem Herzen und ganzer Seele wissen, dass er aufgestiegen ist, um für alle Ewigkeit bei ihm zu sein. Das wissen wir so sicher, wie wir vom Aufgehen und Untergehen der Sonne wissen. Wir werden ihn immer in unser Gebet einschließen, ebenso wie Sie. Er hat einen guten Kampf zum Wohle von Gottes Schöpfung gekämpft und Licht in eine Welt der Finsternis gebracht. Er war ein Soldat des Herrn und hat seinen Lohn im Himmel gefunden. Mit unseren Segenswünschen und den liebevollsten Erinnerungen,

der Ihre in Christus

Frank Brubaker

PS: Leah lässt schöne Grüße an Sie ausrichten. Es fällt ihr nicht leicht, sich hier einzugewöhnen, aber mit der Hilfe unseres guten Herrn beten wir, dass sie lernen wird, seinen Willen zu tun und seinen Lehren zu folgen, damit es den Armen und Bedürftigen nütze. Auf Ihre Bitte hin haben wir sie in unsere Standard-4-Klasse eingeschrieben. Sie ist ein intelligentes Kind und macht sich sehr gut. Ich glaube, ihr ist bewusst, dass sie sich ohne Standard 4 für keine Berufsausbildung bewerben kann.

Wie gestelzt dieser Brief jetzt klingt, wie weit weg diese Welt selbstlosen, missionarischen Eifers erscheint, die von den politischen Veränderungen unbeeinflusst noch immer fortbesteht. Auf Berichte über gute Werke von atheistischen Missionen in den ärmeren Teilen der Welt bin ich bisher noch nie gestoßen. Was haben die nächsten Seiten wohl zu sagen?

Ich konnte nicht abreisen, ohne Leah noch einmal zu sehen, aber ich konnte kaum John Pryor bitten, mir fast für einen ganzen Tag den Landrover zu überlassen. Doch zufällig schickte er ihn los, um einem Straßenbautrupp hinter der Mission ein paar Säcke Maismehl zu liefern, und war sofort bereit, mich mitfahren zu lassen. Er glaubte wahrscheinlich, ich wolle Arthurs Grab noch einen letzten Besuch abstatten, und schlug vor, in der Mission eine Mittagspause einzulegen, während die Säcke abgeladen wurden. »Im Großen und Ganzen gute Leute. Haben viel mit Arthur gearbeitet, und ich bin mir sicher, sie wollen sich persönlich von Ihnen verabschieden.«

Ich ließ tatsächlich bei Arthurs Grab auf dieser Hügelkuppe über dem Steilabbruch halten. Wie kahl und weiß der Grabstein aussah, als ich den Pfad zu ihm hinaufging!

Es wäre mir lieber gewesen, er wäre nicht so auffällig, so aufmerksamkeitsheischend gewesen, als hätte Arthur das Recht auf eine beherrschende Höhe in der afrikanischen Landschaft. Ich war sehr gerührt, als der Fahrer (nicht derjenige, der mich das letzte Mal dorthin gefahren hatte) anbot, mit mir zu kommen. Er stand etwa zehn Schritte hinter mir, und als ich mich umdrehte, hatte er den Kopf gesenkt und die Hände gefaltet – eine private Ehrerbietung, denn er erwartete nicht, dass ich ihn so sah. Er sagte nichts, sondern ging auf dem Rückweg zum Landrover einfach vor mir her. Wie alle anderen wusste auch er nicht, was er sagen sollte, oder genauer, was ich von ihm hören wollte. Er schaltete den Motor nicht sofort ein, sondern hielt das Lenkrad umklammert und starrte einen Augenblick die vor uns liegende Straße an. Dann murmelte er: »Mister Arthur sehr guter Mann manchmal ...«

Er wusste nicht, wie er weitermachen sollte. Es war eine unvollständige Formulierung, das »manchmal« fing entweder einen neuen Satz an oder hing in der Luft, um vielleicht anzudeuten, wie es hätte sein sollen oder wie man sich zu gewissen Zeiten an ihn erinnern würde. Aber ich hatte natürlich nicht die leiseste Ahnung, was ihm durch den Kopf ging. Sein Name war Labson.

Ich hätte aufschreiben sollen, dass an dem Vormittag meiner endgültigen Abreise noch andere da waren – Distriktsboten, die in der Nähe der Boma warteten. Ich hätte zu ihnen gehen und ihnen die Hand geben sollen. Sie gehörten ganz einfach zu den besten Menschen, die ich je kennengelernt hatte. Ich hätte in ihr Dorf gehen und mich auch von ihren Familien verabschieden sollen. Ich hatte einige davon bei den Frauentreffen kennengelernt, die Eleanor Pryor veranstaltete. Zwei oder drei von ihnen standen mit ihren Männern um die Boma herum. Sie hatten ihre besten Kleider an, das fiel mir auf, bevor die Staubfahne des Landrover sie einhüllte. Ich winkte allerdings, und sie hoben als Antwort die Hand. O ja, ich hätte zu ihnen allen gehen und jeder und jedem Einzelnen die Hand schütteln sollen. Und doch wusste ich nicht, ob ich sie ganz einfach damit verschonte, ob es ihnen lieber war, sich aus der Distanz zu verabschieden. Gute, anständige Leute, alle miteinander, ohne Ausnahme. Ich wünsche mir, es gäbe mehr über sie zu erzählen, außer dass sie zu den Glücklichen gehörten, mit Ehemännern, die gute Arbeitsplätze hatten, und Kindern mit einer viel größeren Chance auf eine Ausbildung über Standard 2 hinaus. In ihren Gesichtern konnte ich immer Hoffnung und Zuversicht entdecken, nicht diese ausdruckslose, servile Maske, hinter der jenes geheimnisvolle Hinterland lag, das ich mit meiner endlosen Fragerei zu erkunden begonnen hatte.

Labson mit seinen gemurmelten, unvollständigen Worten des Bedauerns war einer von ihnen. »Danke, Labson«, sagte ich und fragte mich sofort, was um alles in der Welt ich für ihn tun könnte. Natürlich nichts. Und das, dachte ich, war Arthurs Ausgangspunkt: Was kann man für die Menschen tun? Der kahle, weiße Grabstein wirkte für einen Augenblick plötzlich weniger aufdringlich und großspurig. Doch gleich darauf war er wieder fehl am Platze. »Wir dürfen nie vergessen, wie klein wir im Auge der Ewigkeit sind.« Arbeit für diese Vielzahl war unablässige Plackerei, keine Anbetung.

Um zu meinem letzten Besuch in der Mission zurückzukehren: Ich hatte den Vorwand einer Nachricht von John Pryor über die Genehmigung einer neuen Schule. Pastor Brubaker kam heraus, um mich zu begrüßen, und wir saßen auf seiner Veranda, ja, mit Orangensaft und Cassava-Kuchen. Ich dankte ihm für den Brief, aber er hatte anfangs nicht mehr über Arthur zu sagen, schaute sich nur versonnen um, als betrachte er die unermesslich große, weite Welt, in der noch so viel von Gottes Werk getan werden musste und nie getan werden konnte. Ich kannte das von anderen Missionaren: ihren Glauben, ihre Entschlossenheit bis zum Rande der Verzweiflung, eine Mischung aus Hoffnung und Hoffnungslosigkeit. Vielleicht trifft das auf alle guten Christen zu, das ständige Bewusstsein für die Sündigkeit des Menschen. Arthur wollte davon nichts wissen: Tue, was getan werden kann, und damit ist es gut. Aber Pastor Brubaker schaute sich nicht die immense Hilflosigkeit der Welt an. Er wollte, das dachte ich anfangs zumindest, noch etwas über Arthur sagen, und er öffnete auch ein- oder zweimal die Lippen und schloss sie dann wieder. Schließlich stand er abrupt auf und sagte: »Kommen Sie. Ich nehme an, Sie wollen Leah sehen.«

Als wir zum Waisenhaus gingen, fragte ich ihn, wie sie sich mache.

»Sie ist ein kluges Mädchen, ohne Frage«, murmelte er.

Wir erreichten das Waisenhaus, und da saß sie in einem Kreis kleiner Kinder, dem sie eins nach dem anderen einen Ball zuwarf. Sie lachten alle, während sie hin und wieder den Ball so hoch warf, dass sie sich strecken mussten, damit er nicht über ihre Köpfe segelte. Das war alles, was ich mir hätte erhoffen können, dieses Bild von Leah, wie sie mit Kindern vor einer Schule spielte, in der sie für den Standard 4 lernte. Wir standen da und schauten eine Weile zu, und dann sah sie uns. Sie kam sofort zu uns gelaufen und umarmte mich schnell. Eine Weile hatten wir einander nichts zu sagen. Mir wäre es lieber gewesen, Pastor Brubaker wäre gegangen. Ich wollte sie beiseitenehmen und eine Weile mit ihr zusammensitzen. Ich wollte, dass sie mir aufrichtig sagte, wie es ihr hier erging. Deshalb sagte ich zu Pastor Brubaker: »Darf ich sie bitten, mich herumzuführen?«

Er nickte ohne große Begeisterung, und ich sah die Art, wie er auf sie herabschaute. Es war kein Missfallen, aber Zweifel. Sie war jetzt barfuß und trug ein schlichtes blaues Kleid und die natürlichen Locken ihrer Haare waren schmucklos. Sie hätte sich nicht mehr Mühe geben können, reizlos und unauffällig zu wirken, aber ihre Schönheit schien umso heller zu strahlen, ihre Augen zeigten wieder diesen Eifer, obwohl ich sie schon voller Verzweiflung gesehen hatte. Und da die Mission sie mit gutem Essen und Gemüse versorgte, war ihr Gesicht rundlicher und glänzender geworden. Sie hatte auch ein wenig Gewicht zugelegt, vermutete ich, obwohl das weite Kleid ihren Körper verhüllte, so dass sie ihn nicht mehr zur Schau stellen konnte.

Pastor Brubaker ging davon, um mit einem Lehrer zu sprechen, und ich war eine Weile mit Leah allein. Sie zeigte mir zwei Schlafsäle, vier ordentliche Klassenzimmer, in die eben die Kinder im Gänsemarsch zurückkehrten, das Missionshaus und die Häuser des Personals, den Gemüsegarten und den sauber gefegten Platz. Dann folgten wir dem Pfad zur Kirche, die abseits am anderen Ende des Sportplatzes der Schule stand. Sie war frisch getüncht, und das Messingkreuz über dem Eingang glitzerte in der Sonne. Der Innenraum war makellos. Die Fenster blitzten, und die Holzbänke sahen frisch geschrubbt aus. Dann führte sie mich hinten um die Schule herum, so dass Pastor Brubaker uns nicht mehr sehen konnte, und wir setzten uns auf eine klapprige Bank, die ein paarmal fast zusammengebrochen wäre, so dass wir lachten und uns gegenseitig festhielten.

»Und, wie ist es?«, fragte ich.

Aber sie wollte nicht über sich selbst sprechen. »Das mit Mister Arthur tut mir sehr leid«, sagte sie auf Englisch, obwohl sie ihn nie kennengelernt hatte. »Sie sehnen sich immer sehr nach ihm in Ihrem Herz und Ihrer Seele.«

Einen Augenblick lang schauten wir einander in die Augen, und ich nickte. »Ja«, sagte ich. »Ich vermisse ihn. Er war ein guter Mann. Weißt du, *er* hat mir den Vorschlag gemacht, dass ich dich hierherbringe.«

Was hatte ich in ihren Augen gesehen? Bestürzung? Neugier? Echtes Mitgefühl? Das alles natürlich, aber auch das Verlangen, mir etwas zu sagen, das mich ein wenig tröstete. Und sogar noch darüber hinaus, so will ich mich jetzt daran erinnern, waren da Dinge, die sie mir nun mitteilen konnte: wie viel im Leben noch bevorstand, zu ertragen war. Natürlich war meine Liebe für sie so, dass ich in ihre Augen hineinlesen konnte, was ich wollte. Wie anders war das doch mit Arthur gewesen, in dessen Augen ich las, was ich dort zu finden bereits wusste – nein, nicht immer, nicht an jenem Abend, als wir bei den Pryors zum Essen eingeladen waren, oder an jenem ersten Sonntag, als er mich zu der Stelle führte, wo er jetzt begraben ist.

Einiges davon ging mir durch den Kopf, als ich auf Leahs Antwort wartete. Sie hatte den Kopf abgewandt. Hinter uns im Klassenzimmer lärmten die Kinder. Ich nahm ihre Hand, denn sie hätte meine nicht nehmen können. Sie drückte sie.

»Es war böse«, sagte sie. »Es war sündig und gottlos. Es war das Werk des Teufels.«

Das war jetzt ihre Sprache, aber ihr Zorn war ernst gemeint, und er kam um meinetwillen. Eine Pause entstand, so dass ich sie fragen konnte: »Und was ist mit dir?«

»Es ist sehr gut. Ich kann lernen und mit Kindern zusammen sein, und so Gott will, kann ich eines Tages sogar Lehrerin sein.«

Ich hatte Leahs Hand losgelassen und nahm sie jetzt wieder. »Nein«, sagte ich. »So Leah es will. Du bist diejenige, die die Entscheidung trifft. Der gute Herr kann dir nur von Zeit zu Zeit einen Klaps auf den Rücken geben.«

Das war unwahr und, schätze ich, blasphemisch. Auf Pastor Brubaker, der eben um das Gebäude herumkam, hätte es auf jeden Fall so gewirkt. Er schaute kurz auf unsere verschränkten Hände herab, aber das Stirnrunzeln war bereits vorher da. Etwas an Leah war nicht, wie es sein sollte. Etwas war alles andere als gut. Sie wollte nicht, dass ich jetzt schon ging, da es doch das letzte Mal sein würde. Sie schaute zu Pastor Brubaker hoch, nicht mit Angst, sondern vielleicht mit Resignation. Wen gab es denn sonst noch für sie, an den sie sich wenden konnte? Wen hatte es je gegeben? Auf jeden Fall nicht die Frauen der Missionare, auch nicht die Angestellten und ihre Frauen, auch niemand aus den Dörfern der Umgebung, denn die gehörten alle zu Clans, die von dem ihren sehr weit entfernt waren. Sie war inmitten von kleinen Kindern gestrandet. Sie musste einfach den rechten Augenblick abwarten. Als ich mich von ihr verabschiedete, umklammerte sie meine Hand sehr fest, als Pastor Brubaker gerade nicht hinsah, und fasste sie dann förmlich und sagte mit einem kleinen Knicks: »Leben Sie wohl, Mrs. Marshall. Vielen Dank, dass Sie gekommen sind, um mich zu besuchen. Möge Jesus, unser Herr, mit Ihnen sein.«

Es war sehr förmlich. Ihre Augen waren feucht, und die Tränen wären beinahe in Pastor Brubakers Gegenwart geflossen, was undenkbar war. Dann lief sie davon und drehte sich an der Ecke des Gebäudes für ein letztes Winken noch einmal um.

Doch so endete es nicht. Ich kehrte mit Pastor Brubaker in sein Büro zurück, und er sagte mir, dass er sich ein wenig Sorgen um Leah mache. Es fiel ihm schwer zu erklären, warum. Wir saßen in seinem Büro, und ich glaube, er schaute mir kein einziges Mal in die Augen.

»Mrs. Marshall, ich glaube, es ist keine Übertreibung zu sagen, dass Leah mit gewissen körperlichen Reizen gesegnet ist, die, wenn ich es so nennen darf, Speis und Trank des Teufels sind.«

Er hielt inne, ließ den Blick von einem Fenster zum anderen wandern und überlegte sich offensichtlich, wie er es anders formulieren könnte. »Sie ist auf jeden Fall gesegnet mit gewissen körperlichen Vorzügen, oder sollte ich vielleicht Nachteilen sagen?«

Er hatte angefangen zu lächeln, doch dann räusperte er sich, als hätte er plötzlich erkannt, dass der gute Herr ihn nicht mit der Gabe der Schnodderigkeit gesegnet hatte. »Ja, nun gut, und ich sage Ihnen das im äußersten Vertrauen, sie hat die Aufmerksamkeit unseres ausgezeichneten Schuldirektors Mr. Chitambo erregt, und sie wurden miteinander gesehen. Vorgestern waren die Kinder sehr verstört, als Mrs. Chitambo in die Schule kam und sie anschrie. Ich glaube nicht, dass schon alles verloren ist, aber, wie soll ich es sagen, ihre Anwesenheit hier hat nun eine gewisse spaltende Qualität angenommen.«

Was sollte ich sagen? Ich war entsetzt und murmelte: »Aber sicherlich …?« Aber sicherlich was?

Er faltete die Hände, schloss die Augen, und ich dachte, er würde mich gleich bitten, mit ihm zu beten.

»Mrs. Marshall. Sie ist eine kluge junge Frau, kaum mehr als ein Kind. Ich habe gesehen, dass Sie ihr sehr nahe stehen, und ich weiß, dass sie auf Sie hören würde. Bitte sprechen Sie noch einmal mit ihr, bevor Sie gehen …«

»Natürlich tue ich das«, murmelte ich.

Er war aufgestanden und wirkte nun völlig verlegen, suchte offensichtlich nach einer göttlichen Sprache, die sich ihm jedoch entzog. »Ich werde sie rufen«, stammelte er und schaute dann auf seine Uhr. »Ach du meine Güte! Ich muss mich jetzt entschuldigen. Ihr Besuch hat mich sehr gefreut, Mrs. Marshall, und die besten Wünsche für die Zukunft.«

Ich sah ihn nie wieder, und mir wurde damals erst in diesem Augenblick bewusst, dass ich John Pryors Nachricht wegen der neuen Schule nicht an ihn weitergegeben hatte. Als Leah kam, saßen wir einander an Pastor Brubakers Schreibtisch gegenüber, als würde ich sie befragen, oder sie wäre hier, um getadelt zu werden. Die Förmlichkeit war ziemlich absurd, und ich hatte keine Ahnung, was ich sagen sollte. Hör auf, Mr. Chitambo schöne Augen zu machen, du unartiges Mädchen? Die Absurdität wuchs mit der Stille. Sie starrte auf die in ihrem Schoß gefalteten Hände hinab.

»Leah«, sagte ich schließlich. »Schau mich an!«

Sie tat es, allerdings nur sehr kurz. Natürlich wusste sie ganz genau, was ich zu sagen hatte. Aber ich hatte keine Ahnung. Ich wusste nicht, ob sie mit Mr. Chitambo geschlafen hatte. Ich wusste nicht, ob man sie einfach nur zusammen gesehen hatte. Ich wusste rein gar nichts. Ihre Zurückhaltung machte sie noch schöner. Aber ich dachte auch: Das ist nur eine Vortäuschung von Unschuld. Damit würde sie niemanden hinters Licht führen, auf keinen Fall Pastor Brubaker und erst recht Mrs. Chitambo nicht.

Also sagte ich in ihrer Sprache: »Leah, du musst aufpassen, du musst alles vermeiden, was dir das Leben hier und deine Ausbildung ruinieren könnte. Du musst wirklich sehr gut aufpassen …«

Ich brach ab, weil ich sah, dass sie zitterte. »Das ist nicht meine Schuld, Missis«, sagte sie auf Englisch. »Es ist nicht meine Schuld. Ich kann überhaupt nichts tun, wenn sie mich immer so anschauen wollen …«

Nun weinte sie stumm, mit gesenktem Kopf und hängenden und bebenden Schultern. Ich stand auf und ging um den Tisch herum, um sie zu trösten. Doch bei der Berührung meiner Hand stürzte sie aus dem Zimmer. An der Tür rief ich ihr hinterher, aber sie rannte am Waisenhaus vorbei und in den Busch dahinter. Das war das Letzte, was ich von ihr sah.

Labson hatte Leah aus der Ferne gesehen, als sie mich begrüßen kam und mich danach herumführte. Er musste auch gesehen haben, wie sie ins Büro ging und dann in den Busch rannte. Ich weiß nicht, ob er auf der Rückfahrt erwartete, dass ich über sie sprach, aber ich war zu aufgeregt und konnte es einfach nicht. Ich schämte mich für sie, vermute ich, und wollte nur, dass er sich so um sie sorgte, wie ich es getan hatte. Zu allem anderen wollte ich nicht auch noch seine Missbilligung oder seine Gleichgültigkeit.

So war also mein Abschied von Afrika, ich ließ einen Gatten zurück und ein Mädchen, dem alles passieren konnte. Manchmal denke ich an beide gemeinsam, Seite an Seite, vereint, als würden sie für ein Foto posieren, aber ohne zu lächeln: ein weißer Grabstein und eine junge afrikanische Frau, die über eine Grünfläche neben einer Schule in den Busch davonrennt. Es war die schreckliche Zukunftslosigkeit ihres Lebens. Und ich dachte an die kleinen Kinder um sie herum und daran, was aus ihnen werden, wie auch aus ihren Gesichtern die Freude verschwinden würde.

Ich schrieb dies alles auf, bevor ich Arthurs Eltern besuchte. Ich hätte das schon früher tun sollen, aber ich hatte die Ausrede, dass ich zuerst meine eigenen Eltern in Kanada besuchen musste. Zwei Wochen lang war ich in Toronto bei ihnen. Sie sind beide Akademiker, und eigentlich wünsche ich mir, ich könnte viel mehr über sie erzählen. Ihr Fachbereich ist Molekularbiologie, und sie haben kein Interesse an Afrika. Der Gedanke, ihnen diesen Bericht zu zeigen, ist undenkbar. Ich habe versucht, mit ihnen über Arthur und seine Arbeit zu reden, aber sie konnten nur sagen, es tue ihnen furchtbar leid, und es klinge, als sei er ein guter Kerl gewesen. Ich bin mir sicher, sie versuchten sich vorzustellen, wie ich mich fühlen mochte, was meine Pläne seien und was sie tun könnten, um mir zu helfen. Aber nur flüchtig. Ich sehe sie jetzt vor mir, wie sie sich über den Esszimmertisch beugen, nicht wissen, was sie sagen sollen, hin und wieder einen Arm um mich legen, Gesten eben, die für den Augenblick genügen mussten. Es war mitten im Semester, und sie waren mit der Vorbereitung einer Konferenz beschäftigt. Ich war seit Jahren nicht mehr Teil ihres Lebens, und mein Verlust war kein Weg, der mich wieder dorthin zurückführte. Doch ich liebe sie, und sie lieben mich. Es ist nicht ganz fair zu sagen, dass ich eine Enttäuschung für sie war. Ihre Arbeit und ihr Renommee hatten sie stets so in Anspruch genommen, dass ich manchmal das Gefühl hatte, sie nahmen mich kaum wahr. Und um ehrlich zu sein, ich war ein eher fades, durchschnittliches Kind, das kaum in ihre herausragenden Fußstapfen treten würde. Ich hatte nie, was man eine »starke Persönlichkeit« nennen könnte. In meiner Kindheit gab es weder Glück noch Unglück. Es gab einfach nur mich. Der Satz fällt mir noch einmal ein: Das wird für den Augenblick genügen müssen …

Nun endet also diese Mappe. Ich habe keinen Grund, die Beurteilung meiner Eltern zu ändern, zumindest nicht im Augenblick. Wir sollten immer versuchen, den Menschen gerechter zu werden, und was ich über sie gedacht habe, ist kaum großzügig. Aber wie es auch sein mag, die Geschichte geht weiter mit einem Bericht über meinen Besuch bei

Arthurs Eltern und dann über meine Rückkehr nach Afrika. Denn es war nämlich nicht das Letzte gewesen, was ich von Leah sah.

Der Sommer vergeht langsam und wird zum Herbst. Bald werden sie das Laub rechen und fegen. Inzwischen weiß ich, dass ich Sally nie wiedersehen werde. Und dann lächle ich und denke, wenn sie jetzt plötzlich auftauchen würde, und es wäre wie damals und wir würden dasitzen und Tee trinken und sie würde mich bitten, von den Schlangen und Elefanten in Afrika zu erzählen, dann würde ich sagen: »Na ja, hier haben Sie was. Schauen Sie, ob Sie schlau draus werden.« Und dann würde ich ihr diese Mappen geben. Es ist unvorstellbar, so unvorstellbar, als würde ich ihr ein Buch über Ehe und Familie in diesem oder jenem Stamm geben. Wie ich am Anfang gesagt habe, mit dem Herbst in der Luft vermisse ich sie nicht weniger. Aber mein jüngeres Ich hat mich dazu gebracht, Afrika zu vermissen, sein Leid. Das Bild der lachenden Kinder, die an jenem Morgen im Kreis um Leah sitzen, die Sonne auf den Gesichtern, wurde verändert durch das, was seither passiert ist, jetzt sehe ich diese Gesichter vom Schicksal grausam gezeichnet, krank und sterbend, in Flüchtlingslagern, verwaist. Was ist inzwischen aus der Zukunftslosigkeit geworden? Ach, Sally, genau das habt du und deine Leute im Fernsehen gesehen. Es gibt nichts, was ich dir sagen kann. Du brauchst kein Wissen, keine Weisheit von mir. Meine Gedanken tragen mich nicht weit genug ins Herz der Dinge.

V

Hier nun, in einer anderen Mappe, was ich über meinen Besuch bei Arthurs Eltern geschrieben habe. Es ist alles ziemlich skizzenhaft, und ich habe hinzugefügt, woran ich mich noch erinnere. Das ist die ganze Zeit das Problem: Was ich zu der Zeit oder kurz danach niederschrieb, was ich so lange nicht angeschaut habe, kollidiert jetzt mit dem, woran ich mich ohne die Hilfe meines jüngeren Ichs erinnert habe.

Die Verwirrung entsteht dadurch, dass alles, woran ich mich aus diesen Tagen erinnere, verändert, ja erklärt wurde durch das, was ich damals darüber schrieb. Jetzt lese ich diese Papiere und denke, ah, das hatte ich vergessen. Es ist mehr als das Füllen von Lücken. Natürlich liegt das daran, dass ich nicht mehr die Person bin, die ich damals war: die unerfahrene Gattin, die Frau, die sich in Leah vernarrte, die gewissenhafte Forscherin, die vorschnell urteilende Tochter und so weiter. Und doch, wie kann man sein früheres Ich ablehnen, wenn das eigene Leben im Lauf der Zeit vertrocknet oder eingeengt worden ist, wie ein seichtes Rinnsal, das im Unterholz versickert? Ach du meine Güte! Ich darf nicht so weitermachen. Der Herbst schleicht sich in meine Knochen, in meinen Schädel. Ich bin wirklich zu dem alten Jammerlappen geworden, den ich jeden Morgen im Spiegel sehe, der Sally anstarrte, als könnte schon ihre reine Anwesenheit, ihre Fröhlichkeit und Unvoreingenommenheit ihn ins Leben zurückholen.

Unten werden sie bald anfangen, das Laub zu rechen, man wird ein letztes Mal mähen, die Sträucher zuschneiden und die Erde umgraben. Durch die kahlen Bäume wird dann mehr von den Häusern gegenüber zu sehen sein, und bis der Frühling wiederkommt, wird unten niemand sein, dem ich winken kann. Gestern winkte ich sogar den Leuten zu, die unter mir auf ihrer Terrasse saßen. Sie winkten nicht zurück – zweifellos waren sie erschöpft, weil sie die ganze Zeit diese Lacksplitter von ihren Türstufen und dem Fußabstreifer kehren mussten. Genug mit diesem Altweibergeschwätz. Ich muss mir jetzt den Besuch meines jüngeren Ichs bei den Schwiegereltern ins Gedächtnis rufen. Deshalb wollte ich vermutlich noch einmal durchgehen, was ich bereits geschrieben hatte, aber ich bezweifle, dass es weitere Erinnerungen auslöste, so als hätte das alles schon längst keine Bedeutung mehr und könnte weggeworfen werden. Ich bin einfach nie dazu gekommen. Folgendes habe ich über diesen Besuch geschrieben:

… Als Arthur starb, schrieben wir einander. Mein Brief war sehr kurz gewesen, vielleicht sogar beschämend kurz. Ich weiß nicht mehr, was genau darin stand, irgendwas in der Richtung: Wie sie sicher schon von der Regierung gehört hätten, sei Arthur bei einem Raub mit Gewaltanwendung ums Leben gekommen, und dass ich, mit ihrem Einverständnis, ihn gern in Afrika begraben würde, an einem Ort, den er geliebt und wo er so viel für die Menschen der Gegend getan hatte. Ich suchte angestrengt nach anderen Worten, nach denselben Worten, mit denen ich auch mich selbst trösten wollte, sagte, dass er ein anständiger, guter Mann gewesen sei, auf den sie stolz sein könnten, ein Mann, der sein Leben im Dienst an anderen hingegeben hatte. John Pryor schrieb ebenfalls. Es kann sein, dass dies Formulierungen waren, die er benutzt hatte, und ich dachte, ihn zu kopieren oder etwas sehr Ähnliches zu schreiben, sei das Beste. Als er mir seinen Brief zeigte, sagte ich, Arthur sei ein Einzelkind gewesen und ihre Trauer und ihr Schock seien unvorstellbar. Was konnten wir beide schon sagen? Als ich zu ihm kam, um seinen Brief zu lesen, schaute seine Frau ihn sich ebenfalls an. Ich sah, dass sie einen Blick zu dem Foto auf dem Kaminsims warf. Sie schüttelte den Kopf und sagte dieses eine Mal nichts. Es gab, es gibt dafür natürlich keine Worte. Wir taten unser Bestes.

Ihre Antwort war sehr förmlich und lautete:

Liebe Naomi,
vielen Dank für Ihren freundlichen Brief über Arthur. Würden Sie bitte auch dem Distriktskommissar für sei-

nen Brief danken? Meine Frau und ich haben mit Freuden vernommen, was für gute Arbeit er unter den Eingeborenen geleistet hat. Es war immer sein Wunsch, mit seinem Leben etwas Sinnvolles anzufangen. Wir sind einverstanden, dass er in Afrika begraben wird, vielleicht mit einem angemessenen Grabstein. Wir hätten uns sehr gefreut, Sie früher kennengelernt zu haben, aber das kann vielleicht nach Ihrer Rückkehr nach England nachgeholt werden. Wir würden Sie sehr gern treffen und Ihre Bekanntschaft machen.

Hochachtungsvoll

Henry Marshall

Sie lebten in Cheshire, und auf der Eisenbahnfahrt dorthin zerbrach ich mir den Kopf darüber, was ich zu ihnen sagen sollte. Abgesehen von dieser einen Bemerkung nach einem schwierigen Tag hatte Arthur kaum über sie geredet. Er schrieb ihnen vielleicht einmal pro Monat: kurze Briefe, von denen ich einen auf seinem Schreibtisch liegen sah, als er eines Abends plötzlich noch einmal weggerufen wurde. Darin stand nur, dass es ihm gut gehe, dass seine Arbeit ihn sehr in Anspruch nehme und er hoffe, dass es ihnen ebenfalls gut gehe. Ich weiß noch, dass mich die Neutralität des Briefes schockierte und nicht zuletzt auch der Schlusssatz, der lautete: »Auch meine Frau ist sehr beschäftigt; sie lernt die Sprache und versucht sich ein wenig in Anthropologie – das ist die Untersuchung der Bräuche und Gewohnheiten der Eingeborenen.« Er erwähnte auch das Wetter und meinte, es sei die heiße Jahreszeit und der Regen lasse nicht mehr lange auf sich warten. Ob sie ihm ebenfalls schrieben, kann ich nicht sagen. Auf jeden Fall brachte er keinen ihrer Briefe mit nach Hause. Wenn er von ihnen sprach, dann mit einer flüchtigen Zuneigung, die fast an Gleichgültigkeit grenzte. Hin und wieder schickte er ihnen ein paar Dias und sagte dann zu mir: »Mutter und Vater interessiert das vielleicht, damit sie eine Vorstellung bekommen.«

Es war also schwierig, mich vorzubereiten. Ich hatte angerufen und gesagt, ich hätte eine Besprechung in Chester, wo ich auch die Nacht verbringen würde, und Mr. Marshall lud mich zum Mittagessen ein. Er entschuldigte sich, dass er mich nicht abholen könne, und fragte, ob es eine große Unannehmlichkeit für mich sei, mit dem Taxi zu kommen, denn die öffentlichen Verkehrsmittel seien nicht so zuverlässig, wie sie es heutzutage sein sollten.

Ich kam mittags an. Sie wohnten in einer Doppelhaushälfte mit einer frisch lackierten dunkelgrünen Tür und einem gepflasterten Zuweg mit Rosensträuchern zu beiden Seiten. Es gab Spitzenvorhänge am vorderen Fenster und einen frisch polierten Messingtürklopfer. Das Haus war wie Hunderttausende anderer Vorstadthäuser überall im Land. Als ich aus dem Taxi stieg, stellte ich mir vor, wie Arthur in seinen Stiefeln und den kurzen Khakihosen und der Buschweste aus dieser Tür trat, und hätte beinahe laut aufgelacht. Ich war natürlich nervös, nicht nur, weil ich nicht die geringste Ahnung hatte, wie Arthurs Eltern waren, sondern auch, weil ich nicht wusste, was ich ihnen erzählen sollte – etwas über seine Arbeit oder das »koloniale Alltagsleben« in einer kleinen Distriktsstation, das wäre ja noch ziemlich einfach, aber was den Rest anging …

Der Mann, der die Tür öffnete, streckte mir sofort die Hand entgegen und bat mich dann mit einer übertriebenen Handbewegung herein.

»Nun, Naomi, wenn ich Sie so nennen darf«, sagte er. »Kommen Sie herein und machen Sie sich selbst ein Bild.«

Das war die vorbereitete Formulierung. Er hatte schnell, aber fröhlich und mit ziemlich hoher Stimme gesprochen. Er trat einen Schritt zurück, um mich in der dunklen Diele in Augenschein nehmen zu können, was es im Gegenzug auch mir ermöglichte, ihn zu mustern. Er war ein kleiner Mann, so groß wie Arthur, und er trug ein Tweedsakko, eine dunkelgraue Hose und eine gestreifte Krawatte. So dachte er sich wohl, dass er angezogen sein müsse, wenn jemand so »Respektables« wie ich, die ich in den Kolonien gelebt hatte, zu Besuch kam. Seine welligen grauen Haare waren ordentlich und fast in der Mitte gescheitelt, was ihn altmodisch aussehen ließ, und auch sein Gesicht, das glatt und rund und ernst war, erinnerte mich an diese alten Fotos, in denen das Oberhaupt der Familie so aussehen will, als kenne es sich aus in der Welt.

»Ich hoffe, Sie hatten eine angenehme Fahrt von London hierher«, sagte er. Ich bejahte, und dann fügte er hinzu: »Aber kommen Sie, Naomi, Sie müssen meine Frau kennenlernen.«

Er führte mich in ein Zimmer, das er wohl »den Salon« nennen würde und in dem seine Frau nun aufstand, um mich zu begrüßen. Sie war gänzlich in Grau gekleidet, und ihre Haare sahen aus wie frisch frisiert. Sie war noch nervöser als er, doch ohne vorbereitete Phrasen, denn sie sagte nicht einmal so etwas wie: »Sehr erfreut.« Ich glaube, im ersten Augenblick war sie schockiert, wie salopp ich gekleidet war, in heller Khakibluse, dunkelgrauer Bundfaltenhose und »vernünftigen« Schuhen. Es hatte angefangen, heftig zu regnen, meine Haare waren feucht und vom Wind zerzaust. Und ich hatte kaum Make-up aufgelegt. Im Grunde war meine Erscheinung kaum anders als zu der Zeit, da ich in diesen Dörfern saß und mich mit all meinen Fragen über Verwandtschaft und Heiratsbräuche herumschlug. Und im allerersten Augenblick war ich fast in Versuchung, Block und Bleistift herauszuziehen und sie nach ihrer matrilinearen Clan-Gruppe zu fragen. Auch sie war klein, sie trug eine Brille mit Goldfassung, und ihre Augen hatten einen intensiven, verwirrten Blick, als würde sie die falsche Brille tragen.

Schließlich sagte sie: »Willkommen in unserer bescheidenen Hütte, Mrs. ...«

»Ihr Name ist Naomi, meine Liebe. Und wir sind Henry und Mabel, nicht, Liebes?«

Sie nickte, als wollte sie sagen, das stimme, soweit sie das wisse, und deutete dann auf einen Sessel zwischen ihnen, auf den ich mich setzte, bis er unvermittelt aufstand und mit einem unhörbaren Händeklatschen sagte: »Wie wär's denn mit einem schönen Glas Sherry? Wir haben trockenen und süßen, nicht wahr, meine Liebe?«

Sie schaute ihm nach, wie er zum Sideboard ging, als überlegte sie sich, was er dort finden würde. Das alles war sehr schnell gegangen, das Zimmer war dunkel, und deshalb bemerkte ich erst jetzt die Frau, die unter dem Erkerfenster saß und nun aufstand, zu mir kam und mir kurz, aber sehr fest die Hand schüttelte.

»Susan Short«, sagte sie.

Henry Marshall drehte sich am Sideboard mit der Karaffe in der Hand um. »Ach ja«, sagte er. »Eine gute Freundin, die vor ein paar Tagen meinte, nicht, Susan, dass du Arthurs Frau sehr gern kennenlernen würdest.« Es entstand eine kleine Pause, als Susan sich in einen Sessel mir gegenüber setzte. »Sie sagten süß, glaube ich, Naomi?«

Er hatte meinen Namen ausgesprochen, als müsse er sich erst an ihn gewöhnen, dann teilte er die Gläser aus, und wir saßen im Kreis herum, und keiner hatte den geringsten Schimmer, wie er anfangen sollte, bis Mabel Marshall sich ebenfalls nach meiner Fahrt erkundigte.

Schließlich war es Susan, die das Gespräch in Schwung brachte. »Das feuchte, kalte Cheshire nach der ganzen afrikanischen Sonne«, sagte sie. »Da muss man sich erst einmal dran gewöhnen, nicht?«

Das war eine relativ banale Aussage, aber sie hob eine Augenbraue, als hätte sie hinzugefügt: »Das fragt bestimmt jeder. Würde mich gar nicht zu einer Antwort herablassen, wenn ich Sie wäre.«

Sie hatte diesen scharfsinnigen, intelligenten Blick aus leicht aufgerissenen Augen, den man an der Universität zu kultivieren versuchte, wenn man keinen Boden mehr unter den Füßen hatte oder jemanden in seine Schranken weisen wollte. Ihre grau melierten Haare waren nach hinten gekämmt, und sie trug absolut kein Make-up. Aber sie hatte etwas Selbstsicheres, Nachdenkliches an sich, und mir kam der Gedanke, sie sei nur hier, weil ohne sie Arthurs Eltern einfach nicht gewusst hätten, wie sie mit der Situation zurechtkommen sollten.

Mabel Marshall sagte: »O ja, man sollte doch meinen, dass es da unten schrecklich heiß war, nicht? Ich kann mich nicht erinnern, dass Arthur das Wetter oft erwähnt hat, du, Henry?«

Ich versuchte zu erklären, dass es eine heiße Regenzeit gebe und eine Trockenzeit, in der es nachts ziemlich kalt werden könne, sogar bis zu null Grad. Ich erläuterte, dass wir auf einem Plateau gelebt hatten, das ziemlich hoch über dem Meeresspiegel lag und größtenteils nicht besonders malerisch war. Das Gespräch übers Wetter beschäftigte uns, bis Mrs. Marshall plötzlich hinauseilte, als hätte sie etwas vergessen, und uns dann zum Essen rief. Bis dahin war noch kein Wort über Arthur gesprochen worden, und ich konnte mir nicht so recht vorstellen, dass es je passieren würde. Henry und Mabel beobachteten mich eingehend, als ich meine Rindfleischscheiben entgegennahm und mich beim Gemüse bediente, als hätte ich mir in den Tropen komische Tischmanieren angewöhnt. Beim Essen selbst stach Henry dann mit dem Messer in die Luft und versuchte sich im Plauderton.

»In Afrika, würde mich nicht überraschen, wenn Sie dort ziemlich gut gegessen haben, mit dem ganzen Wild und so.«

»Eigentlich nicht viel anders als hier«, sagte ich. »Fleisch und zwei Gemüsesorten.«

Wie abweisend hatte ich geklungen. Völlig falsch. Wieder entstand Schweigen, und das Essen ging weiter. Warteten sie darauf, dass ich etwas über Arthur sagte, oder wartete ich darauf, dass sie mich nach ihm fragten? Wieder war es Susan, die uns rettete.

»Bitte erzählen Sie uns doch etwas von der Arbeit, die Arthur gemacht hat. Kommunalentwicklung, nicht?«

So beiläufig dahingesagt, wirkte es abrupt, beinahe taktlos, als wäre es ein Thema, um das man einfach nicht herumkam. Henry und Mabel hörten auf zu essen. Anfangs schaute mich keiner der beiden an, als ich versuchte, Arthurs Arbeit zusammenzufassen, die Vielzahl der Aktivitäten und Dienste, die darauf ausgerichtet waren, dem Dorfleben Sinn, Stolz und Hoffnung zu geben, der Schaffung von Beispielen als Ermutigung für andere, ihnen zu folgen und sie zu kopieren. Ich sprach hastig, als wollte ich das Thema hinter mich bringen. Henry und Mabel fingen an, konzentriert zuzuhören und hin und wieder zu nicken, während sie ihre Mahlzeit beendeten. Auch Susan hörte aufmerksam zu und schaute oft zu ihnen hinüber, wie um sich zu versichern, dass sie auch alles verstanden. Sie schien bereits recht gut zu wissen, wovon ich redete, bei Henry und Mabel aber schien hinter ihrer Aufmerksamkeit ein gewisses Erstaunen zu liegen, so wie sie einander und dann mich anschauten. Konnte es sein, dass Arthur ihnen so wenig davon erzählt hatte, was er in seinen sieben Jahren in Afrika getan hatte? Sie schienen kaum neugierig zu sein, nicht zuletzt auch in Bezug auf mich.

»Das dürfte dann so ziemlich alles sein, glaube ich«, sagte ich zum Abschluss. »Es gab natürlich eine ganze Reihe von diesen Projekten, jedes anders …«

Ich schloss nicht mit der Bemerkung, wie ich es vielleicht hätte tun sollen, dass sie guten Grund hatten, stolz auf ihn zu sein. Susan war es, die das andeutete, und sie schaute sie dabei mit einer Mischung aus Zärtlichkeit und Ungeduld an.

»Er hat das Leben der Menschen auf jeden Fall verbessert. Es gibt nicht viele, von denen man das sagen kann.«

Henry war rot geworden und presste die Lippen zusammen, als würde er den Atem anhalten. Mabels Hand wanderte auf dem Esszimmertisch ein paar Zentimeter in seine Richtung. Er murmelte etwas, als müsste er sich zwingen zu sprechen.

Schließlich sagte er: »Und wie gut sie es ihm gedankt haben – ihn einfach so um die Ecke zu bringen.«

Er hustete, und Mabel ging zu ihm und legte ihm die Hand auf den Rücken. Er erholte sich schnell und sagte:

»Entschuldigung. Arthur hätte so einen Wirbel nicht gewollt, oder, meine Liebe? Aber Naomi, Sie haben eben gesagt …«

Ich versuchte ihnen zu erklären, dass es durchaus Dankbarkeit gegeben hatte, dass er oft Geschenke bekam, dass ich gesehen hatte, wie viel Anerkennung und Respekt man ihm entgegenbrachte, dass er sich einen Ruf geschaffen hatte.

Mehrmals sagte Mabel: »Das war nett, nicht, Henry?«, worauf seine Antwort lautete, mit Sicherheit. Ich sprach sie direkt an, aber wieder schauten sie mich kaum an.

Susan war verstummt, vielleicht dachte sie, ihre Pflicht sei getan. Mabel und Henry hatten mir noch keine einzige Frage nach Arthurs Arbeit gestellt. Ich hatte es nicht geschafft, ihnen ihre Befangenheit zu nehmen, und sie hatten noch immer große Angst davor, unwissend und dumm zu klingen. Es war auch nicht gerade hilfreich, dass ich mich inzwischen immer komplizierter ausdrückte, ihnen sogar zu erklären versuchte, dass kommunale Entwicklung oft im Konflikt stehe mit den traditionellen Formen der sozialen Organisation. Ich wusste, dass ich allmählich ziemlich aufgeblasen klang, aber ich konnte nicht anders. Sie nickten mir jetzt zu, offensichtlich ratlos, als hätte das Thema sich geändert und sie wüssten nicht so recht, was an seine Stelle getreten war.

»Das ist alles sehr interessant, nicht, Henry?«, sagte Mabel und betupfte sich mit ihrer Serviette die Mundwinkel. »Möchten Sie vielleicht noch ein Dessert, Naomi? Wir haben nur Obstsalat, aber dazu gibt es gute Devonshire-Sahne.«

»Was nicht heißen muss, dass sie aus Devonshire kommt, nicht?«, sagte Henry und versuchte, jovial zu sein. »Na ja, zumindest heutzutage …«

Mabel räumte den Tisch ab und holte den Obstsalat vom Sideboard. Ich sehnte mich nach einem Ende dieses Mittagessens, meine Schuldigkeit hatte ich getan. Ich hatte ihnen von den guten Werken erzählt, mit denen ihr Sohn aus der Welt einen besseren Ort machen wollte. Das war etwas, was sie mit ins Grab nehmen, an langen Winterabenden bei einer Tasse Kakao rekapitulieren, ihren Nachbarn erzählen konnten: Unser Sohn hat Gutes geleistet und den Eingeborenen in Afrika geholfen, und Henry fügt hinzu, wie man es ihm gedankt hat. Dann sagt Mabel vielleicht, sie hätten seine Witwe kennengelernt, eine intelligente Frau mit einem ziemlich flotten Mundwerk, um ehrlich zu sein. So fasste ich diese Begegnung zusammen, während wir unseren Fruchtsalat löffelten. Wieder war die Unterhaltung eingeschlafen, und Susan kam zu Hilfe.

»Mabel und Henry haben mir erzählt, dass Arthur die anthropologische Arbeit erwähnte, die Sie dort unten gemacht haben.«

Gab es etwas, das sie noch weniger interessieren konnte als das?, fragte ich mich. Ich versuchte, die Komplexitäten des Lebens dieser Menschen zu erklären, wie schwer sie bei den stattfindenden sozialen Veränderungen festzumachen waren. Um diese Komplexitäten von Clan und Verwandtschaft zu illustrieren, sagte ich, es gebe dreiundvierzig verschiedene Wörter für Verwandtschaft, während wir nur Onkel, Tante, Cousin usw. hätten. Und ich hatte genug gelesen, um ihnen Beispiele für Unterschiede in anderen Stammesgruppen zu nennen. Ich redete zu viel. Ich wusste das. Ich wollte einfach, dass diese Situation zu einem Ende kam. Die Schweigeperioden waren unerträglich. Susan schaute mich an, als wüsste sie genau, was ich dachte.

»Sehr interessant!«, sagte Henry hin und wieder, und Mabel fügte hinzu: »Das muss man sich mal vorstellen!«

Als das Essen dann beendet war, hatte ich das Gefühl, ich hätte weniger quasseln, sondern mehr, viel mehr von Arthur erzählen sollen. Es war die einzige Chance, die ich je haben würde, zu sagen, dass er mir ein guter Ehemann gewesen sei, dass er hervorragende Aussichten gehabt hätte – obwohl, weiß der Himmel, was für eine Beschäftigung er nach dem Ende der Kolonialzeit gefunden hätte.

Mabel schlug vor, für den Kaffee in den Salon zu gehen. Mit einem Blick auf meine Uhr legte ich mir eine Entschuldigung zurecht. Ich wollte eben sagen, dass ich mir jetzt wohl besser ein Taxi bestellte, als Susan mich rettete.

»Ich nehme an, Sie sind mit dem Taxi gekommen. Ich bin mit dem Auto hier. Kann ich Sie nach Chester mitnehmen?«

Ich nahm dankbar an. Der Besuch kam zum Ende, und das Gefühl wurde stärker, dass ich mir später wünschen würde, ich hätte noch viele, völlig andere Dinge gesagt, nicht um sie zu trösten, sondern Dinge, über die sie in den kommenden Jahren nachdenken konnten – Dinge, die Arthurs Frau ihnen gesagt hatte, um ihre Erinnerungen zu vertiefen und zu erweitern. Susan erhob sich, und ich stand ebenfalls auf. Henry und Mabel blieben sitzen, als wären sie überrascht.

»Vielen Dank, dass Sie die lange Fahrt auf sich genommen haben«, sagte Mabel.

Auch sie war jetzt aufgestanden, und ich versuchte noch einmal, durch diese dicken, goldgefassten Gläser zu schauen. Aber da war nur diese furchtsame Leere. Wir hatten ihr nicht einmal die Chance gelassen, uns Kaffee anzubieten. Ich bemerkte einige After-Eight-Täfelchen in einer hübschen blauen Schale auf dem Kaminsims. Auch Henry stand auf. Er hatte seine Förmlichkeiten parat.

»Ja wirklich, wir wissen das sehr zu schätzen. Wir sind Ihnen dankbar, dass Sie uns ein wenig davon erzählt haben, was Arthur all diese Jahre getan hat. Ein paar Fotos mehr wären schön gewesen, wenn ich das sagen darf. Aber jetzt haben wir wenigstens eine Vorstellung.« Er hielt inne und streckte den Arm aus, um mich zur Tür zu führen. »Das Leben muss weitergehen, nicht?«, fügte er hinzu. »Nach vorne schauen, das hat Arthur immer gesagt. Nach vorne schauen.«

»Weiterkämpfen«, ergänzte Mabel, ein vertrauter Ausdruck, der wieder aufblitzte und mich für einen Augenblick blendete: der Abend, als ich ihm von Leah erzählte, er aber zu abgelenkt war, um groß darauf einzugehen.

Ich dankte ihnen, und Susan führte mich zum Auto. Am

Tor winkten wir. Sie sahen so verwaist aus. Aber nein, das war es nicht. Vielleicht dachten auch sie: Gott sei Dank ist das vorbei, und wir können unser Leben weiterführen. Ich hatte das Gefühl, völlig versagt zu haben.

Und das sagte ich in etwa auch zu Susan, als wir davonfuhren. Zuerst erwiderte sie nichts, dann sagte sie: »Um ganz am Anfang anzufangen, Ihnen ist doch bewusst, nicht, dass er adoptiert wurde?«

»Oh! Das hat er mir nie erzählt. Eigentlich hat er so gut wie überhaupt nicht über sie gesprochen.«

Ich hatte offensichtlich schockiert geklungen, und sie legte mir kurz die Hand aufs Knie.

»Das war ein bisschen unvermittelt. Tut mir leid. Das andere war, dass die beiden vielleicht ein bisschen kalt, gleichgültig, desinteressiert gewirkt haben.« Sie klang sehr sachlich, aber draußen regnete es heftig, und sie musste sich aufs Fahren konzentrieren. »Vielleicht könnten wir in Ihrem Hotel eine Tasse Tee trinken und uns ein wenig unterhalten?«

Ich sagte, das würde ich sehr gern tun, und dann fuhren wir eine Weile schweigend.

Dann sagte sie so leise, dass ich sie kaum verstehen konnte: »Wissen Sie, in Wahrheit war es ein furchtbarer Schock für sie. Na ja, das ist ja auch verständlich, aber sie hatten sich schon immer so hoffnungslos unzulänglich gefühlt. Sie konnten das heute selber sehen. Und sie hatten absolut keine Ahnung, wie Sie die ganze Sache empfanden. Sie waren vielleicht ein bisschen verwirrt, weil Sie ein wenig, na ja, geschwätzig gewirkt haben. Nicht trauernd genug, wenn Sie wissen, was ich meine.«

»Wir wussten ja rein gar nichts voneinander, nicht?«, sagte ich.

»Ja, und Sie sind ziemlich unterschiedliche Menschen.«

»Wäre es besser gewesen, wenn ich gar nicht gekommen wäre, lieber versucht hätte, einen längeren Brief zu schreiben?«

»Auf gar keinen Fall. Sehen Sie, Sie haben ihnen gesagt, wie viel gute Arbeit er geleistet hatte, wie er sich letztendlich entwickelt hatte. Das aus erster Hand zu hören, hat *alles* für sie bedeutet.«

Ich beließ es dabei. Sie würde mir bald mehr erzählen. Es wäre mir lieber gewesen, ich hätte ihnen gesagt, dass er oft über sie gesprochen und sich gewünscht habe, dass sie auf ihn stolz seien. Obwohl ich sie kaum kannte, schloss ich jedoch aus ihrer zurückhaltenden Art, dass sie mir keine Sekunde lang geglaubt, sondern sofort gemerkt hätten, dass ich sie damit nur aufheitern wollte. Wieder spürte ich Susans prüfenden Blick auf mir, als wüsste sie, was ich dachte. Sie würde es mir ziemlich schnell sagen, wenn ich alles falsch verstanden hatte.

Und so erzählte sie mir, beim Tee in einem Hotel in Chester, von Arthur. Während sie redete, stellte ich mir manchmal vor, dass er hier bei uns stand, die Arme verschränkt, in seinen Khakishorts und der Buschweste, sich umsah und das silberne Teeservice, die Samtsessel und die dicken, floralen Teppiche, die Regency-Vorhänge und die getäfelten Wände musterte, und in seinem Gesicht lag weder Missfallen noch Zorn, sondern Erstaunen darüber, dass so ein Ort überhaupt existierte. Es war Susans Bericht, der mich auf diese Gedanken brachte, und mir wurde klar, wie weit er in die Welt hinausgegangen war und wie schwierig es für ihn gewesen wäre, den Weg zurückzufinden. Um zusammenzufassen:

Er wurde sofort nach der Geburt adoptiert. Seine Mutter war siebzehn und wollte nie wissen, was aus ihm geworden war. Sie wusste nicht so recht, wer der Vater war. Sie hatte eine Reihe von Partnern, war drogensüchtig und starb, als Arthur fünfzehn war. Seine ersten Adoptiveltern waren gute Menschen, bekamen aber nach der Adoption noch zwei eigene Kinder und kamen mit ihm nicht mehr zurecht. Er war »schwierig« und hatte mehrere Pflegefamilien, bevor die Marshalls ihn aufnahmen. Susan berichtete mir das alles sehr sachlich, als würde sie einen »Fall« in einer Sozialarbeiterbesprechung darstellen. Ich fragte sie, wie sie ihn kennengelernt hatte.

»Oh, Entschuldigung, das hätte ich Ihnen gleich am Anfang sagen sollen. Nach seiner zweiten Pflegefamilie wurde ich seine Sozialarbeiterin und sah ihn dann ziemlich häufig, nachdem die Marshalls ihn mit elf Jahren aufgenommen hatten. Es ist nicht einfach, das alles kurz zusammenzufassen, aber ich werde es versuchen.«

Sie berichtete mir, dass er wirklich schwierig war, dass er in der Schule oft Streit hatte und zweimal ausgeschlossen wurde. Er war seiner Mutter zwar nie begegnet, doch in der Schule wurde er wegen ihr gehänselt: Die Marshalls seien nicht seine richtigen Eltern, seine Mutter sei eine Hure usw. Man weiß nie so genau, wie, aber solche Dinge werden bekannt, und Kinder können sehr gemein sein. Er wusste sich zu behaupten, hatte aber kaum Freunde. Doch er war intelligent und schaffte schließlich drei A-Level und den Zugang zur Universität. Und zwar, obwohl er trank und immer wieder in Raufereien geriet. Es gab Vorfälle wegen Ladendiebstahl und Vandalismus. Er war sehr schnell beleidigt. An der Uni änderte sich das alles radikal, und er machte einen guten Abschluss in Sozialentwicklungslehre, was zu einer Stelle in der Planungsabteilung der Kommunalverwaltung führte.

»Das ist es in Kürze«, sagte sie. »Eine ziemlich normale Geschichte des Überlebens trotz widriger Umstände. Überraschend, wie oft Leute das schaffen. Man hört nur die anderen Geschichten, nicht? Dass immer alles nur noch schlimmer wird.«

»Und dann?«, fragte ich.

Sie schien das Interesse verloren zu haben. Sie hatte schließlich noch ein eigenes Leben.

»Wir arbeiteten im selben Gebäude. Ich hörte, wie reizbar er sei, aber nicht mehr. Ein paar Mal tranken wir zusammen Kaffee in der Kantine. Er erzählte mir, wie lächerlich er das Ganze finde, immer nur Planen, kein konkretes Handeln. Es überraschte mich deshalb nicht, als er diesen Job in Afrika annahm. Er hatte darüber geredet, von den weiten, offenen Flächen, dass man Dinge in Bewegung setzt, solche Sachen.«

»Wie standen Henry und Mabel dazu? Ich vermute, sie gehörten zu dem, was lächerlich war?«

»Nein, nein, so dürfen Sie nicht denken«, sagte sie ungeduldig. »Er wohnte natürlich nicht bei ihnen. Sie gehörten schon seit längerer Zeit nicht mehr zu seinem Leben. Aber ich vermute, in gewisser Weise ja. Sie waren auch ein Teil dessen, wovon er wegkommen wollte. Er war ganz fixiert auf diese weiten, offenen Flächen. Hin und wieder besuchte er sie sonntags zum Tee. Viel gesprochen wurde dabei sicher nicht, was meinen Sie?«

Dieser hastige, herablassende Ton hatte sich wieder eingeschlichen. »Was war mit Ihnen?«

»Ich besuchte sie, als er während seiner ersten Tour bereits sechs Monate in Afrika war. Sie wirkten genauso wie immer, neutral, resigniert. Arthur versuche, auf eigenen Füßen zu stehen, die Welt zu sehen, ein bisschen Abenteuergeist zu zeigen. Solche Sachen. Sie zeigten mir ein paar seiner Briefe, kurz, informativ, sehr routinehaft. Hören Sie, es tut mir leid, aber ich muss wirklich los. Wieder mal eine langweilige Fallbesprechung.«

Sie stand auf und gab mir die Hand. Dass sie wieder angefangen hatte, über Arthur wie über einen ihrer »Fälle« zu sprechen, irritierte mich inzwischen sehr, auch wie sie mit einem gelegentlichen Seufzer an ihrem Tee nippte. Sie hatte keine Zuneigung zu ihm gezeigt. Vielleicht empfand sie keine. Er war eine ihrer Erfolgsgeschichten, eine geschlossene Akte. Ich stellte die naheliegende Frage: »Diese Jahre, als er heranwuchs, müssen schwierig gewesen sein für sie. Sie wirkten nicht wie Leute, die mit einem rebellischen Teenager sehr gut zurechtkommen.«

Sie schwieg lange, setzte sich wieder und goss sich Tee nach.

»Nein. Eigentlich war es ziemlich schlimm. Er war nicht gut zu ihnen. Überhaupt nicht dankbar. Zumindest nicht zu der Zeit. Aber sie haben es ja selber gesehen. Kein einziges Buch im Haus. Nur Allgemeinplätze. Ich war ab und zu im Auftrag der Schule bei ihnen und saß dann da und hörte mir an, wie sie sagten, er müsse hart arbeiten und dürfe nicht in irgendwelche Schwierigkeiten geraten, wenn er es in der Welt zu etwas bringen wolle, dass der Schule sein Vorankommen am Herzen liege und sie große Hoffnungen in ihn setze, wie übrigens auch sie, dass er Rücksicht und Respekt für andere zeigen solle – all die Dinge, die man Teenagern eintrichtert, und er saß einfach nur mit mürrischer Miene da.«

Sie seufzte und zeigte dann ein grimmiges Lächeln. Ich dachte an Henry und Mabel Marshall, an ihre Selbstzweifel und ihre Sprachlosigkeit. Ich konnte mir gut vorstellen, dass sie verletzt waren, überfordert. Susans Überheblichkeit gefiel mir nicht; die Spezialistin, die alles besser wusste als die Eltern. Wieder stellte ich mir vor, dass Arthur hier stand und auf uns herabschaute. Ich stellte ihn mir auf der Seite der Marshalls vor, nicht auf ihrer.

»Ich kann mir nicht vorstellen, dass sie in der Hinsicht

viel ausrichten konnten«, sagte ich. »Ich glaube aber, sie haben einfach gehofft, dass alles besser wird. Sie können doch nicht alles falsch gemacht haben, ich meine, solange sie sicher waren, dass er wusste, wie bedingungslos sie sich um ihn kümmerten. Na ja, haben sie nicht ...«

Susan wandte den Blick von mir ab. »Ja. Ich weiß, was Sie denken. Sie haben recht. Diese Trägheit, die man wahrnimmt, das kann auch absolute Standhaftigkeit sein. Nie riss ihnen der Geduldsfaden. Das Essen stand auf dem Tisch. Die Kleidung wurde gewaschen und das Bett gemacht. Wenn er nachts nicht nach Hause kam, nahmen sie ihm nicht den Schlüssel ab. Sie sagten ihm, sie machten sich Sorgen, wenn er nicht anrief. Sie gaben ihm mehr Taschengeld, als er brauchte, zogen ihm nie etwas ab. Das war bedingungslos. Ja, das ist das richtige Wort. Und sie sagten ihm wirklich diese altmodischen Sachen, aber sie sagten sie ruhig und ohne Einschüchterung. Und ich muss betonen, sie sagten nie, nicht einmal andeutungsweise, er müsste ihnen dankbar sein.«

Der Tee ging langsam zur Neige. Ich musste die Frage stellen. »Liebten sie ihn?«

»Ich sah nie irgendeine *Demonstration* von Zuneigung. Da sie keine eigenen Kinder hatten, ich glaube, es gab da einige Fehlgeburten ... Ja, ich weiß nicht, warum ich mir dessen so sicher bin, aber sie liebten ihn sehr tief, als wäre er das Einzige, was sie in der Welt hatten, das Einzige, was sie der Welt anzubieten hatten. In ihren eigenen Augen, wissen Sie, waren sie – und sind es heute noch – komplette und absolute Niemande. Sie trauten sich nicht, Liebe zu zeigen oder ihre Gefühle auszusprechen, weil sie sicher waren, dass sie niemals auch nur in annähernd gleichem Maß erwidert werden würde. An der Universität und später war er gehorsam, nicht mehr, sie hatten einfach nichts gemeinsam. Das Traurige daran ist, dass er, glaube ich, nicht wusste, wie sehr sie ihn liebten, da sie sich nicht trauten, es ihm auch nur andeutungsweise zu zeigen.«

Sie kam zum Ende und schaute auf ihre Uhr. Wie konnte es sein, dass sie dachte, sie hätte mir nicht mehr zu sagen? All die Situationen, in denen sie Arthur durch seine Schwierigkeiten begleitet hatte, seine Veränderungen miterlebt hatte, die drei miteinander gesehen hatte, den Stolz, den die Marshalls empfunden haben mussten, als er seine A-Level und sein Diplom erhielt – den Stolz, die Erleichterung und die Zufriedenheit, den Lohn für ihre Standhaftigkeit.

»Als ich ihnen von Arthurs Arbeit erzählte, das hat sie dann wohl stolz gemacht? Ich werde mehr davon berichten, wenn ich ihnen schreibe. Sie können wirklich stolz auf ihn sein.«

Sie hob ihre Handtasche von Fußboden auf. »Ja, da bin ich mir sicher. Aber das ist jetzt nicht mehr so wichtig, oder? Ich meine, jetzt, da sie ihn nie wiedersehen werden – wenn Sie sie im Lauf der Jahre mit seinen Fotos besuchen, die Allgemeinplätze, die Sie dann zu hören bekommen, na ja, alles, was das Leben eben zu bieten hat. Warum sage ich Ihnen das alles? Ihr Verlust ist doch sehr viel größer.«

Sie stand wieder auf und ich ebenfalls. Ich war froh, dass sie nicht versuchte, mich zu umarmen. Inzwischen herrschte zwischen uns keine Herzlichkeit mehr. Irgendwie war es, als hätten wir beide versagt, nicht bei Arthur, aber bei den Marshalls und auch untereinander. Ganz offensichtlich hatte sie Arthur mit all ihrer professionellen Fürsorge und ihren Fähigkeiten retten können. Deshalb sagte ich es auch.

»Und ich schätze, ich sollte Ihnen für alles danken, was Sie für Arthur getan haben, dass Sie seinem Leben eine neue Wendung gegeben haben oder was auch immer.«

Sie reagierte darauf nur mit einem kaum sichtbaren Achselzucken und Kopfschütteln, als ginge etwas über unser beider Horizont. Jetzt, da Arthur tot war, hatten sich all die Ursachen und Gründe und Erklärungen, an denen sie sich orientiert hatte, in Nichts aufgelöst. Ich werde nie erfahren, was sie sich als Verdienst anrechnete. Vielleicht sehen sie, die Profis, doch nicht nur das ständige Kommen und Gehen, die Arbeiten, die erledigt werden müssen, eine nach der anderen.

Als ich den Marshalls schrieb, um ihnen zu danken, sagte ich ihnen noch einmal, was für ein guter Mann Arthur gewesen sei und dass John Pryor jedes Wort, das er geschrieben hatte, ernst gemeint habe, dass diese beiden Dörfler den ganzen Tag gewandert seien, um ihr Geschenk zu bringen. Sie antworteten nicht. Ich glaube, sie hätten es gern getan, aber sie hatten nicht genug über mich erfahren, eigentlich überhaupt nichts, um sicher zu wissen, was für eine Art Brief ich erwarten – oder auch verdienen würde, wie sie es vielleicht betrachteten. Das war es, was mir auf der Heimfahrt im Zug mit aller Macht in den Sinn kam: all diese Allgemeinplätze, die sie Arthur auftischten, über Freundlichkeit und Respekt und Rücksicht und aus sich selber etwas machen – das war die einzige Sprache, die sie hatten, die einzigen Überzeugungen, die sie formulieren konnten, die einzigen Vorstellungen, die sie über richtig und falsch, über Wahrheit und Gerechtigkeit hatten. Und die reichten auch völlig.

Als der Zug sich London näherte, vermisste ich Arthur mehr als jemals zuvor. Ich stellte ihn mir noch einmal in diesem luxuriösen Hotelsalon vor, wo Leute sich Tee aus Silbergeschirr eingossen und sich in ihre reich verzierten Kissen lehnten. Nicht Wut oder Erstaunen hätte er dort empfunden, sondern Amüsement. Arthur war kaum einmal amüsiert über irgendetwas, aber darüber hätte er sich vielleicht amüsieren können. Vor allem jedoch vermisste ich ihn, weil ich ihn nun zum ersten Mal richtig kennengelernt hatte, diese ganze Vergangenheit, von der er mir nie etwas erzählt hatte, und diese guten, einfachen Leute mit ihren Allgemeinplätzen und wie er letztendlich nur wollte, dass sie stolz auf ihn waren, oder froh war, dass sie es sein konnten, wenn sie bei einer Tasse Kakao darüber plauderten, was er jetzt so alles machte, und sich daran erinnerten, wie es früher einmal gewesen war, als er heranwuchs und überhaupt keine Zeit für sie hatte. Nichts davon konnte ich jetzt mit Arthur teilen. Als Mann und Frau waren wir nie besonders glücklich, wie ich zu zeigen versucht habe, aber ich glaube, wir hätten es im Lauf der Jahre werden können, und wir hätten Mabel und Henry Marshall gemeinsam besuchen und ihnen Dias zeigen können, und dann hätten wir sie sagen hören: »Na, das muss man sich mal vorstellen!«

VI

So viel zu Arthurs Eltern. Mit Sicherheit nichts für Sally!

Es sollte nicht das Letzte sein, was ich von Leah sah, bei weitem nicht. Mehr darüber später. Wenn ich diese Papiere nach so langer Zeit wieder lese, kommt die Vergangenheit mit Macht zu mir zurück. Anfangs sagte ich, ich fände mein jüngeres Ich »rührend«. Jetzt empfinde ich, abgesehen von der Mattigkeit, dem drohenden »einzigen Ende des Alters« und dem üblichen Kram von Verlust und Traurigkeit, mehr als alles andere ein Gefühl der Unzulänglichkeit: wie viel mehr Ehefrau und Kameradin ich für Arthur doch hätte sein sollen, wie anders alles gewesen wäre oder hätte sein können, wenn ich über seine Vergangenheit Bescheid gewusst hätte. Und auch seinen Eltern gegenüber hätte ich sensibler sein müssen. Abgesehen von Weihnachtskarten hielt ich keinen Kontakt mit ihnen. Hätten sie es vielleicht gewollt oder erwartet?

Das muss jetzt ein abgeschlossenes Kapitel bleiben. Ich war oft so weit, diese Mappen wegzuwerfen, zusammen mit dem Rest meiner persönlichen Papiere, die noch viel skizzenhafter sind. Ich will nicht, dass Fremde sie lesen. Meiner Erinnerung nach wollte ich nach der Fahrt nach Chester meine Vergangenheit nicht nur einfach hinter mir lassen, sondern die Seiten zuknallen. Hin und wieder rede ich noch mit Arthur, der kurz vor dem Einschlafen sichtbar vor mir steht, und mir fällt nichts anderes ein, als »Es tut mir leid« zu ihm zu sagen. Würde auch er sich gern bei mir entschuldigen, frage ich mich manchmal, aber wofür?

Ich muss jetzt versuchen, die Lücke von zwei Jahren zwischen den Perioden, die ich in Afrika verbrachte, zu füllen. Ich versuchte, mir ein neues Leben aufzubauen. Ich führte so eine Art Tagebuch, aber die Einträge sind immer nur wenige Zeilen lang, und manchmal vergehen Wochen ohne jeden Eintrag. Vermutlich hoffte ich, das Schreiben würde mir dabei helfen, John Pryors Rat zu beherzigen, und ich könnte auf diese Weise die Vergangenheit hinter mir lassen und neu anfangen. In der Mappe stecken, vor dem Bericht über meinen zweiten Aufenthalt in Afrika, einige bruchstückhafte Notizen über Arthur und auch über Leah. Womöglich erinnerte ich mich zwar nicht weniger intensiv, aber weniger oft an die beiden. Und Leahs Geschichte war ja noch nicht abgeschlossen. Es war diese Unvollständigkeit, diese Frage, was aus ihr geworden war, die sie auf eine andere Art lebendig erhielt als Arthur, der kam und ging wie eine unveränderliche, mahnende Präsenz. Ich schätze, hin und wieder wollte ich einfach wissen, was er über dieses oder jenes dachte.

Ich fand ein Ein-Zimmer-Apartment in London und schrieb mich für das Masterstudium in Anthropologie ein. Meine Notizen sagen mir, dass ich eine gewissenhafte Studentin war, die viel mehr las und schrieb, als nötig war. In meinen Arbeiten und Seminardiskussionen konnte ich Bezüge zu der Stammesgruppe herstellen, die ich in Afrika kennengelernt hatte, und die kritische Methodologie anwenden, die ich im Rahmen dieses Projekts gelernt hatte. Oft konzentrierten sich meine Studien darauf, inwieweit die moderne Welt Bräuchen und Traditionen Veränderungen aufzwang und was dabei, abgesehen von den Bräuchen selbst, verloren ging. Und so kehrten meine Gedanken manchmal zu Leah zurück und entfachten meine Ängste um sie neu.

Meine Tutoren waren beeindruckt von mir. In Wahrheit aber war ich einsam. Das Studium füllte meine Zeit aus. An den langen Abenden griff ich nach einem Buch anstatt zum Telefon. Ich wurde auf Partys eingeladen, und manchmal ging ich mit einer Kommilitonin ins Theater. Aber ich konnte einfach nicht »auftauen«. Wie es in meinen Notizen steht, ich »taugte nicht zum Fröhlichsein«. Wenn ich wirklich einmal versuchte, jovial zu sein, war es nicht schwer, mir Arthur vorzustellen, der mir auf die Schulter klopfte und sagte, na ja, vielleicht gar nichts sagte, sondern einfach nur leicht den Kopf schüttelte. Meine Kommilitonen und Tutoren wussten, dass er in Afrika umgekommen war. Ich weiß nicht, woher. Ich muss es ihnen wohl gesagt haben. Vielleicht einfach nur, um ihren Hohn über die »Kolonialen« zu konterkarieren – ein paar von ihnen sagten mehr oder weniger deutlich, dass solche Leute, die »fiesen Imperialisten«, es verdient hätten. Wenn sie so redeten, dachte ich oft an John und Eleanor Pryor. Ich glaube, sie hätten gesagt, dass sie vielleicht gar nicht so unrecht hatten, und dann hätten sie sich umgedreht, um das zu erledigen, was sie gerade tun mussten, um »einfach weiterzuwursteln«. Für Arthur wären sie natürlich nur »verdammte Politiker« gewesen.

Ja, ich sehe jetzt deutlich, dass ich damals wohl als »hochnäsig« betrachtet wurde – eine jener »reifen Studentinnen«, die meinen, alles zu wissen, und deren Standpunkt bereits klar ist. In diesen Seminardiskussionen spielte ich in einer »anderen Liga«. Das klingt arrogant, ich weiß, aber so nannte es einer meiner Tutoren, leider in Hörweite von zwei meiner Kommilitonen – im Notizbuch folgen darauf drei Ausrufungszeichen. Eins hatte Arthur mir beigebracht: Schere dich nicht um das, was andere über dich denken, vorausgesetzt du »kämpfst einfach weiter« für das, was du für richtig hältst. Meine Einsamkeit war also – wie die seine – eine freiwillige.

Für drei Monate fuhr ich nach Toronto, um meine Eltern zu besuchen. Sie hatten beschlossen, in Kanada zu bleiben und die Staatsbürgerschaft zu beantragen. Sie waren beide inzwischen ordentliche Professoren und wurden offensichtlich sehr hoch geachtet. Sie waren großzügige, wenn auch zielstrebige Gastgeber, und ich erinnere mich, dass mir mehr als einmal von ihren akademischen Gästen gesagt wurde, was für eine tolle, bahnbrechende Arbeit sie leisteten und wie sie mithalfen, »Kanada einen Platz auf der wissenschaftlichen Landkarte zu verschaffen«. Ich sah sie kaum einmal nicht »beschäftigt«, immer arbeiteten sie an ihren Schreibtischen oder eilten mit Aktentaschen voller Papiere von hier nach dort. In Gesellschaft trugen sie Mienen permanent lächelnder Ernsthaftigkeit. Zu Hause verschwand das Lächeln, und sie sprachen miteinander in gedämpftem Tonfall, der durchaus auch ein Code hätte sein können, in den sie mich nicht einweihen wollten. Oft gingen sie mit ihrem Abendessen oder den Resten davon an ihre Schreibtische, und bei einer der seltenen Gelegenheiten, als wir eine ganze Mahlzeit gemeinsam an einem Tisch verbrachten, fragte ich sie, worum es bei ihrer Arbeit eigentlich gehe. Meine Mutter antwortete, und zwar so, als hätte mein Vater die Frage gestellt, und daraus wurde einer ihrer gedämpften Dialoge. »Tut mir leid, das war jetzt nicht sehr verständlich, Naomi«, sagte meine Mutter. »Alles ziemlich langweilig«, fügte mein Vater hinzu. Aber für sie war es das genaue Gegenteil. Es war ihr ganzes Leben.

Vielleicht klinge ich verstimmt darüber, dass sie mir nicht mehr Zuneigung zeigten. Eines Abends saß meine Mutter ohne ein Papier mit Berechnungen in Sichtweite neben mir auf dem Sofa und sagte sehr unverblümt: »Wir sind keine besonders aufmerksamen Eltern gewesen, oder, meine Liebe?« Ich zuckte die Achseln, wie um zu sagen, das sei nicht so wichtig. »Über die Jahre, meine ich«, fügte sie hinzu. »Aber du hast immer den Eindruck gemacht, als könntest du dich sehr gut um dich selber kümmern. Ich erinnere mich noch an diesen Schulbericht, der deine ›außergewöhnliche Unabhängigkeit‹ erwähnte. Es war fast so, als gäbe es kaum etwas, wofür du uns brauchtest.«

Das war untypisch für sie, das plötzliche Eingeständnis eines schlechten Gewissens. Ich hatte nicht vor, es ihr einfach zu machen. »Ihr wart ja ganz zufrieden damit, weil ihr so die Freiheit hattet ...«

»Ich schätze, das stimmt«, erwiderte meine Mutter. »Aber anscheinend ist aus dir doch was recht Anständiges geworden, also müssen wir irgendwas richtig gemacht haben.«

Ich reagierte nicht darauf, weil in diesem Augenblick mein Vater hereinkam und meine Mutter fragte, ob sie diese oder jene Papiere irgendwo gesehen habe oder ob er sie im Büro vergessen habe. Sie sagte ihm, das habe er wohl, und als er ging, warf er uns noch einen Blick zu, in dem durchaus Missbilligung über diese ganze Zeitverschwendung hätte liegen können. Dieser kleine Dialog war so ungewöhnlich, dass ich mich sehr deutlich daran erinnere. In meinem Notizbuch steht: »Mutter wollte vertrautes Gespräch. Ohne Zweifel ein plötzliches schlechtes Gewissen. Wäre mir manchmal gern sicher, ob ich die beiden überhaupt mag. Nie auch nur ein Wort über Arthur, als wäre das nur eine unglücklich gelaufene Episode in meinem Leben, die man am besten vergaß.« Nicht mehr erinnern kann ich mich daran, wie verbittert ich damals offensichtlich war, aber was hätte das schon geändert?

An eine andere Unterhaltung kann ich mich nicht erinnern, weder damals noch zu irgendeiner anderen Zeit, in der meine Eltern mir den Eindruck vermittelten, sie wollten mich besser kennenlernen oder ihre Elternschaft kritisch hinterfragen. Meine Erinnerung an sie ist inzwischen zu vage. Genaugenommen sind sie miteinander verschmolzen – dieselben ungekämmten grauen Haare und die distinguierten, faltigen, grinsenden, aber steifen Gesichter, dieselben ausgeleierten Strickjacken und ausgebeulten Hosen, dieselben leisen, verschwörerischen Stimmen. Sie lebten in einer Welt, in der das Leben in seiner kleinsten Form endlos faszinierend war. Nein, »steif« ist nicht das richtige Wort. Es war ein Gesichtsausdruck, der aus einer lebenslangen, intensiven Beschäftigung mit dem Detail entsteht.

Ich bin mir sicher, dass ihre Arbeit die Welt zu einem besseren Ort gemacht hat. Zumindest denke ich das gerne. Es muss so sein, da sie in die Geheimnisse des Lebens eindrang, so dass andere Heilmittel für das finden konnten, was mit ihm nicht stimmte. Das einzige Foto, das ich von ihnen habe, wurde während eines Urlaubs am Meer aufgenommen, als ich ungefähr sechs war. Man sieht uns am

Strand, wir knien in unseren Badekostümen im Sand und sehen sehr glücklich aus. Ich habe einen großen Gummiball in der Hand, ich nehme deshalb an, wir haben damit gespielt. Mein Vater hält auf seiner offenen Handfläche zwei große Muschelschalen in die Höhe. Ich fürchte, das ist ein Symbol dafür, wie ich mich an sie erinnere. Sooft ich dieses Foto anschaute, dachte ich immer: Er kann es nicht erwarten, sich die Dinger näher anzusehen.

Während dieser Zeit in Kanada wurde ich engagiert, um einige anthropologische Recherchen unter den Plains-Cree-Indianern in einer Siedlung im nördlichen Quebec anzustellen. Den Entwurf des Essays, das ich schrieb, habe ich noch immer, mit Details der Familienbeziehungen und Heiratsbräuche eines Stammes, der die langen, harten Winter draußen in der Wildnis mit Fallenstellen verbrachte und im Sommer in die Siedlung zurückkehrte, um die Felle zu verkaufen und sich für den nächsten Winter mit Nahrungsvorräten und Benzin für die Kanus auszurüsten. Die meisten Kinder wurden in Internate geschickt, aber einige blieben bei ihren Eltern, und diesen gaben meine Kollegin und ich einen gewissen rudimentären Unterricht. Der Sommer war die einzige Zeit, da sie, mit all ihren Kindern um sich, eine Gemeinschaft sein, neue Partner finden und ein gewisses Sozialleben genießen konnten. Ich habe ein paar Fotos von diesem Sommer: die Kinder am See, der geschlachtete Elch, das Wasserflugzeug, das uns auf Skiern auf dem gefrorenen See absetzte und wieder abholte, der

Laden der Hudson's Bay Company, die Hochzeit, zu der extra der Bischof kam, die Kirche, die auch als Klassenzimmer diente, die Kanus und ihre Außenbordmotoren. Das waren Menschen, die mit der Einsamkeit lebten – Familien, während der langen, harten Wintermonate allein in ihren Jagdgründen. Sie waren nicht leicht zu befragen. Ich fühlte mich wie ein Eindringling, und das war ich auch. Die größte Veränderung in ihrer Lebensführung war, dass sie ihre Kinder für den größten Teil des Jahres fortschickten und wussten, dass möglicherweise nur sehr wenige von ihnen in diese einsame, harte Existenz zurückkehren wollten. Ich dachte oft an Leah, die diese Wahl nicht hatte.

Es war eine weitere aussterbende Lebensweise, und inzwischen liegt die Siedlung unter Wasser. Ich habe mich manchmal gefragt, woher wir wissen sollen, was gut ist für die Menschen, inwieweit die »Lebenschancen« das beste oder das einzige Maß dafür sind, was richtig ist und was falsch. Haben eintönige Leben, die nichts verlangen außer Gesundheit und Freiheit von Tyrannei, immer weniger Wert oder Fülle oder Tiefe oder Edelmut oder Intelligenz oder Freundlichkeit oder Anständigkeit oder das Verlangen nach all diesen Dingen? Ich habe gelesen, dass in Kanada noch immer über die Internate gestritten wird, in die diese Kinder geschickt wurden: die Entzweiung der Generationen, der kulturelle Verlust, das Zerbrechen von Familienbanden, die Entschädigungsforderungen.

Meine Kollegin war von sehr frommem Gemüt. Sie wäre eine ausgezeichnete Rekrutin für Pastor Brubaker gewesen, aber die Vorstellung, dass sie Leah religiösen und moralischen Unterricht gab und versuchte, ihre Seele zu retten, war laut meinen Notizen zu grauenhaft, um darüber nachzudenken. An einem Ende unserer kleinen Hütte las sie die Bibel, während ich am anderen die Inuit studierte. An unserem zweiten Abend fragte sie mich, ob ich errettet sei. Ich erwiderte, im Großen und Ganzen wahrscheinlich nicht, aber danke der Nachfrage. Sie fragte mich kein zweites Mal. Eines Nachts war über uns eine außergewöhnliche Form des Nordlichts zu sehen – riesige, vom Mond erhellte Schwaden, die wehend und wirbelnd über den Himmel zogen. Sie glaubte einige Augenblicke tatsächlich, es sei eine Art göttlicher Heimsuchung oder sogar die Wiederkunft Christi. »Die Aurora borealis, eine ziemliche Manifestation«, sagte ich und hob die Arme wie ein Prophet. »Ach ja«, entgegnete sie nach einer Pause. »So wird es sein, es ist ein Signal, wie die Flügel von Engeln.« Worauf ich, wie ich zu meiner Schande gestehen muss, schallend auflachte. Nach meinen Aufzeichnungen wünschte ich mir damals sehr, Leah wäre bei mir, um mit mir das Nordlicht zu sehen – sie wäre bestimmt begeistert gewesen.

In diesem Herbst kehrte ich nach England zurück. Innige Abschiede gab es keine. In der anthropologischen Fakultät sagte man mir, ich wäre nach Abschluss meines Examens in London dort wieder sehr willkommen. Es war eine Versuchung. Die Fakultät war bedeutend, und die Arbeit mit den Leuten dort hatte mir großen Spaß gemacht. Zur gegebenen Zeit wäre ich vielleicht sogar darauf eingegangen. Aber nach Abschluss meiner Magisterarbeit (»Eine vergleichende Studie von Heiratsvorbereitungen in einer Ära sozialen Wandels«) kehrte ich in die Bibliothek des Royal Anthropological Institute zurück. Ich konnte die Zukunft nun vor mir ausgebreitet sehen. Sie war keineswegs unerfreulich, nicht einmal ihre Vorhersagbarkeit störte mich. Die Kollegen waren lebhaft und angenehm und die Unterhaltungen selten langweilig. Wie auch, da unser Interesse doch den Unterschieden zwischen den Völkern auf dieser Welt galt? Und den Ähnlichkeiten. Unser Thema war die Menschheit als Ganzes. Manchmal stellte ich Leuten die Frage, wie viele Charakteristika alle Menschen gemeinsam haben (Browns Menschliche Universalien), und die Antwort lautet: ungefähr dreihundertundfünfundsiebzig. Unterhaltungen in anthropologischen Kreisen sind also eher weiter gefächert als, sagen wir mal, unter Mikrobiologen.

Diese Vergleiche kamen mir oft in den Sinn und tun es immer noch, wenn ich über unsere soziale Welt nachdenke. Es besteht deshalb ein gewisser Konflikt zwischen dem Bestreben, die Sache ernst oder weniger oberflächlich zu betrachten, und der Schwierigkeit, sie überhaupt ernst zu nehmen. Die Ähnlichkeit zwischen Rinderbesitzern bei den Walla Walla und dem Verhalten von Bonus-Empfängern in der Londoner City oder von Großkonzernen ist ein Beispiel von unzähligen anderen. (In diesem Beispiel sollte der Vergleich das Menschsein Letzterer weniger abstoßend machen, tut es aber nicht. Im Gegenteil. Es hängt alles mit denjenigen zusammen, die weniger Ausreden haben, weil sie es eigentlich besser wissen sollten. Im Großen und Ganzen, glaube ich, werden wir toleranter und einfallsreicher, wenn wir wissen, wie viel alle Völker gemeinsam haben, und wenn Vergleiche zwischen den Menschen überall auf dieser Welt unser Anliegen sind, dann sind wir weniger anfällig für Vorurteile. Und doch, was für einen Zorn sollten wir tagtäglich empfinden über die ungezügelte Gier der Menschen. Ich möchte in Frieden sterben, doch all diese dreiste Zurschaustellung von Reichtum lässt mich nicht.) Was Sally von alldem halten würde, kann ich mir nicht vorstellen.

Dachte ich zu dieser Zeit so? Meinen Notizen zufolge war ich recht zufrieden damit, dass mein Leben mehr oder weniger unendlich so weitergehen würde, oder ich redete es mir zumindest ein. Warum sollte irgendjemand mehr wollen als angenehme Gesellschaft und eine interessante Arbeit? Was ich zum Beispiel nicht erwarten konnte, waren ein interessantes Liebesleben, Ehe und Familie, ein Haus auf dem Land oder am Meer, Pferde auf der Weide oder eine Yacht in einem Hafen, Reisen ins Ausland – alles Dinge, die für mich höchst unwahrscheinlich waren, gleichgültig, wo ich war und was ich tat. Träume dieser Art hatte ich nie.

Klingt das nach Selbstmitleid? Warum sollte es? So leben die meisten Menschen, ganz normal nämlich, wie die Marshalls am Rand von Chester. Bei allem, was ich hier sage, indem ich versuche, mein Leben vor meiner Rückkehr nach Afrika zusammenzufassen, kann ich nur auf Ehrlichkeit und Aufrichtigkeit abzielen, auch wenn man daraus schließen könnte, dass über wenig nicht viel zu sagen ist. Habe ich damals so gedacht? Jetzt, da das Ende naht, klingt der Ton der Resignation um einiges lauter, als es damals gewesen sein kann. Jetzt führt die Zukunft natürlich nirgendwo mehr hin, aber auch damals wirkte sie undifferenziert, ein Einerlei, auch wenn es nicht unangenehm war. Ich konnte meine künftigen Tage sehen, wie es so schön heißt. So ist zumindest meine Erinnerung, da meine Notizen immer sporadischer werden. Kaum etwas, womit ich Sally belästigen sollte, zumindest nicht in ihrem Alter.

Meine Tagebucheintragungen aus dieser Zeit klingen irgendwie verhängnisvoll. »Nach der Arbeit Pub mit Kollegen. Dieselbe Clique wie letzten Freitag!« »Mit Barbara nach Brighton, um das Meer zu sehen. Und was haben wir gesehen …?!« Die Ausrufungszeichen sind das Verräterische. Ließ mein Leben mit Arthur in Afrika alles andere nun langweilig wirken? Vielleicht. Oder suchte ich mir dieses Leben aus, um wegzukommen von einem anderen, von dem ich wusste, dass es sich ansonsten entwickelt hätte? Mit dem Ende in Sicht drehe ich mich immer mehr im Kreis. Ist es eine Bilanz um ihrer selbst willen? Macht das jeder, bevor er stirbt – die Aktiva und die Passiva? Warum sich die Mühe machen, es aufzuschreiben, wie ich es jetzt tue? Dass ich es damals niederschrieb, kann doch nur zu meinem Nutzen in späteren Jahren gewesen sein. Aber jetzt? Das Einfangen von Gedanken. Etwas anderes kann es nicht sein. Damit sie nicht verwehen wie Rauch über den Dächern. Wörter auf Papier sind alle Dauerhaftigkeit, die wir haben. Kein Wunder, dass so viele Leute Memoiren schreiben.

Und doch steckt mehr dahinter. Am Rande meines Bewusstseins wartet immer Sallys unschuldiges, eifriges Gesicht und das Echo ihrer Worte: »Erzählen Sie mir von Afrika, den Elefanten und Schlangen und solchen Sachen.« Ich habe das Gefühl, ich bin ihr eine Antwort schuldig, und wenn auch nur in meinen Gedanken: alles, was ich ihr im Lauf der Jahre gesagt hätte, wenn sie mich abends besuchte, wenn sie mich weiterhin besucht hätte bis zum »einzigen Ende des Alters«. Als ob ich ihr irgendetwas *beizubringen* hätte, um Himmels willen! Und doch hätte ich ihr die ganze Zeit eingeschärft, sich von der absoluten Geschmacklosigkeit einer Welt fernzuhalten, in der Popstars der Menschheit von den Zehntausenden erzählen, die sie für den Geburtstag ihres kleinen Mädchens ausgegeben haben, in der eine Frau den Wert ihrer Handtaschenkollektion im Fernsehen vorführt, in der Anwälte Millionen mit dem Elend kranker Bergleute verdienen, in der gigantische Boni an Leute ausgezahlt werden, deren Lebensleistung das Verschieben von Geld ist, oder nur, weil sie ganz einfach ihre Arbeit gemacht haben ... O Gott, ich muss damit aufhören. Ich muss aufhören, in meinem Alter noch zornig zu sein. Ich muss aufhören zu faseln wie eine Alte, deren Zeit abläuft. Ich muss aufhören zu glauben, dass jemand wie Sally von mir irgendetwas lernen könnte. Ich muss aufhören zu denken ... Na ja, Gott weiß, schon sehr bald wird dieses »dünne, fortwährende Träumen« verlöschen.

Damit ist das alles aus dem Weg. In den Gärten fallen die Blätter von den Bäumen, in den Häusern gegenüber gehen die Lichter früher an, die Rasen wurden zum letzten Mal gemäht. Für die Vögel werden Krümel und Nüsse bereitgestellt. Die Schatten werden dünner, und die letzten Blätter werden gerecht. Die Nachbarn unter mir haben jeden Tag zu tun, um ihr Vordertreppchen und ihren Fußabstreifer sauber zu halten. Seit mindestens einer Woche habe ich keinen einzigen Lacksplitter mehr gesehen. In Wahrheit habe ich schon vor Monaten aufgegeben nachzuschauen. Früher habe ich meine Pflegerin danach gefragt. Ich kann nicht so tun, als wäre es mir sonderlich gut gegangen, aber es ist noch nichts, womit man den Arzt belästigen muss. Auch jetzt noch höre ich Arthur, der mir sagt, ich solle das Wasser aufsetzen und nicht so ein Aufhebens machen. Die Lektüre dieser Papiere hat mich daran erinnert, dass ... Um zurückzukehren ...

Mein Leben zu dieser Zeit war nicht so ereignislos, wie ich es habe klingen lassen; nur hat, was ich jetzt bin, einen Nebelschleier darübergeworfen. Ich verliebte mich, und eine Weile, vielleicht drei Monate insgesamt, lebte ich nur dafür. Sein Name war Godfrey. Er war völlig anders als Arthur: Wir hatten viel zu lachen. Er kam oft in die Bibliothek, und ich suchte Bücher und Unterlagen für ihn heraus. Anfangs wirkte er wie jeder fleißige Forscher, mit guten Manieren, aber sonst nichts. In einer Hinsicht war er wie Arthur: Man konnte sich einfach nicht vorstellen, dass er flirtete. Eines Tages blätterte er in einem Buch auf der Ausgabetheke, und sein Blick fiel auf einen Oberhäuptling mit allen Amtsinsignien im Kreis seiner Frauen, der äußerst selbstzufrieden in die Kamera blickte. Ich sah ihn kurz zu einem Professor am anderen Ende des Saals hinüberschauen, der sich leise mit zwei Studentinnen unterhielt. Er war ein kräftiger Mann mit fettem Gesicht, hoch angesehen, aber immer sehr auf seine Würde bedacht und mit einer Neigung zum Dogmatischen. Es war klar, dass Godfrey einen Vergleich anstellte. Unsere Blicke kreuzten sich, wir nickten beide kurz und mussten uns dann die Hand vor den Mund halten, um nicht laut aufzulachen. Und in der Richtung ging es auch weiter. Wir schauten uns Leute an und sagten Sachen wie: »Häuptling, der sich überlegt, wie er seiner ersten Frau sagen soll, dass er beschlossen hat, eine zweite zu heiraten.« Oder: »Hauptfrau, die die Nebenfrau nicht mit offenen Armen empfängt.« Oder: »Clan-Ältester, der sich über niedrigen Brautpreis wundert.« Oder: »Junger Mann, der am Abend vor seinem ersten Jagdausflug die Speerspitze schärft.« Wir trieben das ewig so weiter, auf das Lachen folgte bald die Intimität, und auch darin waren Vergleiche anzustellen. Er war ein sehniger, bärtiger Mann. Ich zerbrach mir den Kopf darüber, was für ein Mensch er ohne Humor wäre. Er nahm seine Arbeit sehr ernst, aber jede andere Art von Ernst war schwer vorstellbar. Er suchte immer nach dem Wortspiel, dem Witz. Mir fiel es schwer, ihn für anderes zu interessieren, und er schien es nicht zu mögen, wenn ich es versuchte. »Jetzt komm mal wieder runter, Naomi«, sagte er viel zu oft, öfter, als mir lieb war.

Er ließ mich nicht über Arthur reden. Auch nicht über Leah. Wenn er nicht da war, fehlte er mir. Ich freute mich auf unsere nächste Begegnung, auf die verschiedenen Ausflüge, die wir unternahmen, und vor allem natürlich darauf, wie der Tag enden würde. Nach einer Weile ließ ich es sein, mir zu überlegen, was er von mir hielt, abgesehen von dem Spaß, den wir miteinander hatten. Zwischen dem humorvollen Geplänkel zeigte er mir zwar seine Zuneigung, aber ich hatte immer das Gefühl, er sei bereits auf der Suche nach dem nächsten Witz, um meine Aufmerksamkeit zu fesseln. Einmal sagte ich ihm, dass ich ihn liebe, und er erwiderte, dass er mich auch liebe, aber das war in den frühen Morgenstunden in seiner Wohnung, und dann beim Frühstück sagte er, er glaube nicht, dass er im Augenblick nach einer zweiten Ehefrau suche. Ungefähr zu dieser

Zeit werden meine Notizen immer spärlicher, oder sie sind verloren gegangen. Fing ich an, Arthur und Leah zu vergessen, sie auf Distanz zu halten? Jetzt ist es natürlich eine völlig andere Leah, an die ich mich erinnere.

Ich schätze, ich hätte Godfrey geheiratet, wenn er mich gefragt hätte. Er wäre ein angenehmer Ehemann gewesen. Er war bei seinen Kollegen beliebt. Er war »unkompliziert«. Und er war nett. Er war kein Nörgler. Zumindest war ich gerade zu diesem Schluss gekommen, als er mir erzählte, er habe den Zuschlag für ein großes Projekt in Brasilien erhalten und werde für mindestens sechs Monate weg sein, wahrscheinlich länger. Er war sehr aufgeregt deswegen. Es war ein wichtiger Schritt in seiner Karriere. Er schien überhaupt nicht verstehen zu können, warum ich diese Aufregung nicht mit ihm teilen konnte. Er schrieb mir nur einmal, und auf meine lange Antwort folgte nichts mehr. Vielleicht kam mein Brief nicht an. Ich sah ihn nicht wieder beziehungsweise erst sehr viele Jahre später. Der Brasilienaufenthalt führte zu einer Anstellung in den Staaten an der Universität, die das Projekt finanzierte. Ich fragte mich damals, wie ich es auch jetzt tue, ob er mich nur als »Intermezzo« betrachtete, als Kumpel, mit dem man gut lachen konnte, doch als er mir sagte, dass er mich liebe, klang er, als würde er es wirklich so meinen. Solche Sachen, sagte ich mir, sagt man nur mitten in der Nacht, wenn man sich im Bett vergnügt. Ich informierte mich von Zeit zu Zeit über ihn. Irgendwann wurde er zum ordentlichen Professor ernannt. Ich fragte mich, wie gut er sich an mich erinnerte, und vielleicht verzeiht man mir, dass ich ihn mir manchmal als Dorfhäuptling vorstellte, der rotgesichtig auf seinem Hocker sitzt und überheblich auf seine Clan-Mitglieder herabschaut und das überhaupt nicht witzig findet. Ich sah ihn noch einmal wieder, einige Jahre danach. Mehr davon später, falls ich Lust dazu habe …

Ich muss dieses wehleidige Jammern sein lassen. Die Kraft, Dinge aufzuschreiben, verlässt mich. Ich muss weitermachen, wie Arthur es von mir gewollt hätte. Noch sind ein oder zwei Dinge zu sagen. Ich wollte nur eine gewisse Vorstellung von meinem Gemütszustand zu der Zeit vermitteln, als ich die Chance erhielt, nach Afrika zurückzukehren, in das Land, dem Arthur sein Leben gegeben hatte und in dem ich Leah zuletzt am Schulhaus vorbei in den Busch hatte laufen sehen. Ich hatte dem Institut wegen eines Forschungsprojekts geschrieben, das ein Kollege durchführte, und im PS hatte ich hinzugefügt, dass ich sie noch immer vermisse. Im Antwortschreiben hieß es, sie suchten eine Sekretärin, die das Büro leite, und ob ich Interesse hätte. Sie könnten mir kein großes Gehalt anbieten, aber es gebe freie Unterkunft, ein Fahrzeug und einen Fahrer. Ihr Archiv sei ein ziemliches Chaos, da Recherchedaten aus dem ganzen Land hereinkämen und die Korrespondenz immer umfangreicher werde. Und so kehrte ich zurück.

Beim Durchlesen der letzten Seiten habe ich das Gefühl, ich sollte noch ein wenig mehr über meine Eltern sagen. Ich bin ihnen nicht gerecht geworden. Ich habe Angst, dass ich sie, weil ich sie nicht angemessen beschrieben habe, dem Vergessen überantworte, auch wenn dieser ganze Papierkram bald seinen Weg in die Recyclingtonne finden wird. Es kann sein, dass ich am Ende jedes Schreibens angelangt bin, zu dem ich mich noch in der Lage fühlen werde, teils wegen der Knoten in meinen Fingern in der Kälte und Feuchtigkeit des Winters, teils wegen der Schwächeanfälle und teils wegen meiner wachsenden Zweifel, was das bringen soll, dieses Hineinschreiben in die Dunkelheit, wenn die Lichter schwächer werden und die Stimmen miteinander verschmelzen und unverständlich, unhörbar werden. Deshalb jetzt noch ein paar Worte über meine Eltern, für meinen eigenen Seelenfrieden, denn auch ihre Stimmen gesellen sich zu diesen unsteten Echos, die am Rande des Schlafs verhallen.

Ungefähr ein Jahr nach meiner zweiten Rückkehr aus Afrika besuchte ich meine Eltern ein zweites Mal und dann noch einmal etwa drei Jahre später, als mein Vater krank wurde. Es war Krebs. Ich besuchte ihn im Krankenhaus, und er legte seine Hand auf meine, wie um mir zu zeigen, er wisse, wer ich sei, und dankte mir, dass ich mir die Mühe gemacht hatte zu kommen. »Na, das scheint's dann zu sein, Naomi«, sagte er, und seine Stimme war so klar wie immer. Und dann schaute er mir suchend in die Augen, als hätte er plötzlich erkannt, dass etwas nachzuholen sei, dass Fragen zu stellen seien, zu denen er bis jetzt nicht gekommen war. Er sagte mir, dass meine Mutter sehr gute Freunde habe, die sich um sie kümmern würden. Ich bräuchte mir keine Sorgen zu machen. Er sagte mir, er habe ein erfülltes Leben gehabt, »zwar leider kein Nobelpreis, aber kurz davor«. Eine reine Tatsachenfeststellung. »Sie war mir immer einen Schritt voraus, deine Mutter.« Das war nicht aus Loyalität oder Zuneigung gesagt, es war ganz einfach die Anerkennung, dass ihre Arbeit weiter fortgeschritten war als seine. So klang seine Art der Zusammenfassung seines Lebens. Trotz all seiner Errungenschaften war es viel einfacher als meins.

Jetzt beneide ich ihn darum. Damals fragte ich mich nur, ob sein Leben nicht vollkommen erfüllt gewesen war: zu erreichen, was man erreichen wollte, und dabei bleiben, »einfach weiterwursteln«, wie Eleanor Pryor es nannte. Ich wollte mehr um ihn trauern, als ich konnte. So war es auch bei Arthur gewesen, obwohl sein Leben, unser gemeinsames Leben, so unvollständig gewesen war. Und außerdem kannte ich zu der Zeit bereits eine andere Trauer, um ein anderes, nicht gelebtes Leben. Es war Leah, die neben mir am Bett meines Vaters saß. Ich besuchte ihn jeden Tag, manchmal mit meiner Mutter, manchmal ohne. Was er sonst noch sagte? Normalerweise schlief er halb und musste geweckt werden. Jedes Mal hielt er meine Hand, sanft, fast routiniert, während ich ihm von meiner Arbeit in der Bibliothek erzählte und er darauf nickte und Sachen sagte wie: »Scheint dich ja ganz schön auf Trab zu halten.« In Gedanken war er woanders, bei seinen Mikroskopen und Berechnungen und Teströhrchen, er arbeitete sich durch wuselnde Mikroben, überlegte sich, was er vielleicht übersehen hatte, womit er sich als Nächstes beschäftigt hätte. Es muss Liebe gewesen sein, wie seine Hand die meine hielt und nicht loslassen wollte, als würde er nach einer Welt greifen, die er vor langer Zeit einmal gekannt hatte und an die er jetzt unstet wieder erinnert wurde. Es muss Strände und Gummibälle und das Meer gegeben haben in diesen Augenblicken, wenn er meine Hand ein bisschen fester drückte.

Wie sehr wünschte ich mir damals, ihn mehr, viel mehr zu lieben und es ihm auch zeigen zu können, ihm den Schweiß abtupfen und seine Hand streicheln oder seine Stirn mit meinen Lippen berühren zu können, wenn ich kam oder mich verabschiedete. Wenn meine Mutter dabei war, konnte ich nur zuhören, während sie ihm berichtete, was in ihrer Abteilung los war, wer was tat, und dass es, was immer es war, ohne ihn nicht gut genug war. Wieder vermute ich, dass in alldem nichts ist, was Sally interessieren oder nützen könnte.

Sie waren wie eineiige Zwillinge, meine Eltern. Als er starb, war sie nicht »untröstlich«. Sie war kaum da. Ich sah kein Trauern. Sie hatte einfach Arbeit zu erledigen, kam und ging mit ihren Papieren, wie sie es immer getan hatte, und arbeitete abends an ihrem Schreibtisch, »wie er es von mir wollen würde«, sagte sie mehr als einmal. »Die Arbeit geht nie aus.« Sie arbeitete höchstens noch härter, da sie es jetzt für zwei tun musste. Manchmal hörte ich sie in ihrem Arbeitszimmer reden, als würde sie etwas mit ihm durchgehen oder ihn nach seiner Meinung fragen. In ihrem Gesicht sah ich nichts außer grimmiger Entschlossenheit. Obwohl ich die Vorstellung hasste, sie allein zu lassen, hätte ich ebenso gut auch nicht da sein können. »Flieg du nur zurück, Liebes«, sagte sie. »Ich komme sehr gut allein zurecht.« Und ich wusste, dass es stimmte.

Vielleicht wartete ich einfach darauf, dass sie plötzlich noch einmal ein »vertrautes Gespräch« wollte, wie ich es in meinen Notizen über meinen früheren Besuch beschrieben habe. Als der Tag meiner Abreise näher rückte, sagte ich sogar: »Willst du vielleicht noch ein wenig plaudern, Mutter? Über Vater oder sonst was?« Nur im Vorübergehen erwiderte sie: »Ich glaube nicht, dass das nötig ist, Liebes.« Doch dann machte sie kehrt und legte mir die Hand auf die Schulter, und als ich ihr in die Augen schaute, sah ich in ihnen große Müdigkeit. Sie suchte Erschöpfung in ihrer Arbeit. Ich glaube, sie wollte mich einfach wissen lassen, dass ich in ihren Gedanken war, dass ich es immer gewesen war, dass aber die Tage der Kindheit vorüber waren, so wie ihr Leben mit meinem Vater vorüber war. Es war ein Abschied von der Vergangenheit. Jetzt, da ich darüber nachdenke, überlege ich mir, ob ich das vielleicht auch hätte lernen sollen. Vielleicht hätte ich lernen sollen, nicht immer weiterzureden, als würde Sally zuhören.

Ich habe auch über ihre Familie nachgedacht, das Wenige, was ich über sie weiß, die Szene in einem Garten mit einem Rechen und einem Korb und einem Schlauch, der auf ein Eichhörnchen zielt. Ein bindendes und unzerstörbares Familienleben. Und auch Leah kehrte oft zu mir zurück: das Kind, das sie kaum kannte, die Großfamilie, die überhaupt keine Familie war, und diese Schönheit, die besudelt und zerstört wurde, als hätte sie etwas Unerlaubtes an sich. Und das dachte ich schließlich auch über meine Mutter: Für sie war alles andere als das Vorhandene unerlaubt. Ich besuchte sie noch mehrmals. Bis weit in ihre Neunziger blieb sie fit und konnte sehr gut für sich selber sorgen. Sie blieb zu Hause und bot einer ganzen Reihe von Mikrobiologiediplomanden Unterkunft, ein für alle Beteiligten günstiges Arrangement – der Allgemeinplatz hallte mir auf der Heimreise durch den Kopf.

Und damit zur zweiten und letzten Mappe. Was habe ich damals geschrieben? Wie verändert es das, was ich jetzt sagen möchte, wenn ich die Zeit hätte, wenn ich die Lust hätte? Ich muss es im Augenblick einfach so stehen lassen, wie es ist. Müde, müde …

VII

Es war wunderbar, zurück zu sein. Der Direktor holte mich am Flughafen ab und fuhr mich direkt in das kleine Büro des Instituts in einer Nebenstraße der Main Street der Hauptstadt. Meine Wohnung befand sich im Erdgeschoss eines Wohnblocks zwei Straßen entfernt. Sie hatte zwei Zimmer: ein Schlafzimmer und ein Wohnzimmer mit integrierter Küche. Die Einrichtung war rudimentär. Es gab zwei Sessel mit Holzlattengestell und rechteckigen, roten Kissen, einen Holztisch mit drei Windsor-Stühlen, und die Küche bestand aus einem Spülbecken, einem Herd und einem hüfthohen Kühlschrank. Die Vorhänge waren aus dunkelbraunem Köper, und auf dem rot eingefärbten Betonboden lagen diverse Matten. Die Deckenlampen in beiden Zimmern hatten keine Schirme, auch nicht die Leselampe auf dem Schränkchen neben dem Bett. Die weißen Wände waren fleckig vor Schimmel und Feuchtigkeit. Rost sprenkelte die Tür- und Fensterrahmen und die Angeln. Auch die Metallteile des Kühlschranks waren rostig. Vom Wohnzimmerfenster aus sah man einen verwilderten Garten, eine baufällige Hütte, in deren Umgebung Hühner pickten, und einen Holzzaun, dessen Sockel von Ameisen zerfressen war.

Der Direktor entschuldigte sich umständlich. Er sagte, die Wohnung brauche einen frischen Anstrich und er würde mir einen neuen Kühlschrank besorgen. Das Bettzeug, versicherte er mir, sei erst am Tag zuvor gekauft worden. Er hätte sich nicht zu entschuldigen brauchen, denn zu dem Zeitpunkt hatte ich nur einen Gedanken: Dass ich nach meinem Leben in London nun wieder hier sein durfte, war mehr, als ich mir hätte erträumen können. Ich vermisste meine Kollegen absolut nicht, und ich war froh, nicht mehr an Godfrey erinnert zu werden, sooft ich mich in der Bibliothek umschaute.

Der Direktor war der Verantwortliche des Projekts, zu dem ich vor zwei Jahren mit meinen mühsam ermittelten Rechercheergebnissen beigetragen hatte. Obwohl er der Welt um ihn herum immer irgendwie entrückt wirkte, hatte ich ihn damals gemocht. Jetzt, da er sich in der Wohnung umschaute, war es, als würde er sich fragen, wie notwendig alles war, und nicht, wie es verbessert werden konnte. Er war Junggeselle, und ich fand nie heraus, wo und wie er lebte, wenn er in der Hauptstadt war. Er brachte den Großteil seines Lebens draußen in den Dörfern zu, lebte so nahe wie möglich bei den Leuten, die er mit unendlicher Sorgfalt und, das muss man hinzufügen, auch mit Respekt studierte. Nicht nur, weil er ihren guten Willen brauchte. Er wollte ihnen auch zeigen, dass ihre Lebensweise nicht weniger wert war als seine. Er war ihnen ebenbürtig, nicht andersherum. Ich glaube, es war sogar noch mehr. Er glaubte ganz einfach, dass er genau dort war, wo er hingehörte. Es war eine Berufung. Er konnte nicht glücklich sein, wenn er nicht unter ihnen war, so wie ein Arzt seine Patienten braucht oder ein Lehrer seine Schüler. Vielleicht führt das alles zu weit, um seine Entrücktheit zu erklären. Ich hatte einfach nur den Eindruck, dass er nie so recht da war.

Als er mir das Büro zeigte und mir meine Aufgaben erklärte, war er sehr praktisch und nie anders als direkt, wenn er mir sagte, wie ich Papiere abzulegen und Konten und Korrespondenz zu bearbeiten hatte. Das gehörte natürlich dazu – die Akribie seiner Forschungsarbeit aufs Alltagsleben anzuwenden. Er war mir gegenüber nicht weniger rücksichtsvoll, als er es gegenüber seinen Stammesangehörigen gewesen sein musste. Wenn er ins Büro kam, war er da und doch nicht da. Er hatte einen wirren, grauen Bart, dichte Augenbrauen und einen kahlen Schädel mit einigen dünnen Haarbüscheln. Wenn er mich anschaute, war es, als würde er aus dem Gestrüpp herauslugen, um herauszufinden, wer ich wirklich war. Seine Khakishorts waren immer leicht seitlich verdreht, und wenn er sie hochzog, fielen einem seine dicht mit grauen Haaren bewachsenen Unterarme und die stark geäderten Hände auf. Es schien absurd, auch nur zu versuchen, ihn näher kennenzulernen. Aber ich war mir sicher, wenn ich zu ihm käme und ihn um den Landrover bitten würde, um zur Station oder zur Chavumba Mission zu fahren, würde er ihn mir ohne Zögern geben. Ich habe bereits gesagt, dass er ein freundlicher Mann war. Es war, als hätte ihn seine Arbeit so viel Freundlichkeit und Verständnis gelehrt, dass er sich ein Leben ohne sie nicht vorstellen konnte. Als er sich verabschiedete und darauf bestand, ich könne ausgeben, was ich wolle, um mir die Wohnung komfortabler zu machen, tat er es daher mit demselben Tonfall, mit dem er mir das Ablagesystem erklärt hatte. Nachdem ich in meine Wohnung zurückgekehrt war, entdeckte ich, dass der Kühlschrank randvoll mit Lebensmitteln war, die mir einige Tage reichen würden. Und zum ersten Mal fiel mir nun auf dem Fensterbrett im Schlafzimmer ein kleiner Topf mit einem Weihnachtsstern auf. Gastfreundschaft war ihm wie Freundlichkeit zur zweiten Natur geworden.

Es war auch Bier im Kühlschrank, und als ich mich an diesem Abend ans Fenster setzte und in den Garten hinausschaute und mir überlegte, ob die Hühner in dem windschiefen Schuppen vielleicht Eier gelegt hatten, dachte ich mir, was für ein Glück ich doch hatte, wie froh ich sein durfte. Und Arthur war ebenfalls hier. Nicht weit entfernt war die Pension, in der ich nach meiner Ankunft hier die ersten elenden Tage verbracht hatte, in der ich schwitzte und zitterte und die Eidechsen zählte und das Gefühl hatte, ich würde ihn von Anfang an enttäuschen. Damals hatte ich gedacht, wie hartherzig er doch sei. Jetzt war seine Präsenz eine ganz andere. Er wäre stolz auf mich gewesen, dachte ich, weil ich zurückgekommen war, weil ich ein zielloses Leben hinter mir gelassen hatte und auch jemanden, den er wahrscheinlich als ziellosen Mann betrachtet hätte. Ich stellte mir vor, wie es wäre, wenn Godfrey und

Arthur sich getroffen und was sie einander zu sagen hätten. »Immer nur schreiben und nichts tun«, hätte Arthur wohl gesagt. »Immer nur machen und nie nachdenken«, hätte Godfrey vielleicht erwidert. Sie wären absolut nicht miteinander ausgekommen, nicht zuletzt, weil Arthur jeden Vergleich zwischen denen, die alles hatten, und denen, die nichts hatten, abgelehnt und erst recht nicht lustig gefunden hätte. Doch während ich in der hereinbrechenden Dunkelheit den Hühnern zuschaute, dachte ich auch, dass der Direktor und Arthur sich gut verstanden hätten, weil beiden am jeweils anderen die Zielstrebigkeit, die Distanz zum Trivialen, die unausgesprochene Annahme der Toleranz gefallen hätte.

Der Direktor erwähnte Arthur nur zweimal. Als er mich zur Wohnung brachte, legte er mir die Hand auf den Arm und sagte nur: »Für euch beide wäre wohl nicht genug Platz gewesen, was?« Er wusste, dass ich ihn vermisste, an ihn dachte, und ich konnte mir nichts Netteres vorstellen, was er hätte sagen können. Ja, sie hätten beide Godfrey für einen ziemlichen Hanswurst gehalten. Auf diese Art konnte ich mir einreden, dass ich ihn überhaupt nicht vermisste und er im Amazonas-Dschungel sehr gut aufgehoben war.

In den ersten beiden Monaten war der Direktor mit Landrover und Fahrer unterwegs zu seinen Feldforschungen. Das Büro hielt mich auf Trab, und ansonsten gab es für mich nichts zu tun außer zu lesen, einzukaufen und durch die Straßen der Hauptstadt zu laufen. Ich strich die Wohnung neu und kaufte Teppiche, Kissen und Lampenschirme, um sie ein wenig gemütlicher zu machen. Ich genoss meine Abende, die Bücher über Afrika, die gelesen werden wollten, das Radio und hin und wieder einen Krimi, der mir beim Einschlafen half.

Der Stamm, den ich kannte, lebte über hundertfünfzig Meilen weiter südlich, und da es in anderen Städten entlang der Eisenbahnlinie nähere Beschäftigungsmöglichkeiten gab, waren nicht viele so weit in den Norden gezogen. Gelegentlich hörte ich diese vertraute Sprache, und mein Gruß wurde mit einer erhobenen Hand und einem breiten Lächeln erwidert. Nach ungefähr einem Monat sagte ich dem Direktor, ich würde gern wieder einmal dorthin zurückkehren, und er sagte, dass müsse ich *natürlich* tun. Es waren Leute zu treffen und unterwegs Dokumentationen abzuholen, und der Landrover würde mir zur Verfügung stehen, wenn er am Ende des folgenden Monats nach Hause fliege. Er sagte es zwar nie, aber ich glaube, er war zufrieden mit der Art, wie ich das Büro führte und die hereinkommenden Forschungsergebnisse bearbeitete. Er nickte nur und sagte eines Tages: »Sie müssen selber wieder Forschung betreiben, Naomi. Ich habe da ein oder zwei Ideen. Die Auswirkungen der Urbanisierung – etwas in dieser Richtung vielleicht.«

Etwas sehr Schönes passierte gegen Ende des ersten Monats. Die Korrekturfahnen seines Buchs, zu dem ich beigetragen hatte, trafen ein, und mein Name tauchte in der Danksagung auf. »Mit einem besonderen Dank an

Naomi Marshall, ohne deren Mitarbeit die in den Kapiteln 5 und 6 dargestellten Studien ernsthaft unvollständig gewesen wären.« Der Direktor zeigte mir die Danksagung. »Schauen Sie mal«, sagte er. Ich dachte, das wäre alles, was er zu sagen hatte, aber dann fügte er hinzu: »Arthur wäre stolz auf Sie gewesen.« In diesem Augenblick bedauerte ich, dass er und Arthur sich nie kennengelernt hatten. Wie konnte solche Herzlichkeit in einem Menschen so versteckt sein, dachte ich. Er lächelte nicht einmal und wandte sich wieder dem Essay zu, das ich gerade bearbeitete, um mich auf einen Punkt darin aufmerksam zu machen.

Schließlich kam der Tag meiner Rückkehr zur Station. Josam, der Fahrer, war gute Gesellschaft, wir tauschten Sätze in unseren Sprachen aus, und er erzählte mir von seinem Dorf in der Nähe der nördlichen Grenze und von seiner Frau und seinen zwei Kindern, die dorthin zurückgekehrt waren, weil »große Stadt manchmal sehr schlechter Ort«. Eines Tages wollte er ebenfalls zurückkehren, wenn er es sich leisten konnte, ein Haus zu bauen und ein Geschäft zu eröffnen und einige Rinder zu halten. So viel verstand ich zumindest, während er vor sich hin plapperte und mehr auf meine Korrekturen seines Englisch und seine Korrekturen meiner Versuche in seiner Sprache achtete als auf die Straße, die vor uns lag. Der Busch dehnte sich schier endlos, ein dunstiges Braun mit Flecken von Grün und silbernem Mais und Gestrüpp und Dornbüschen und hier und dort ein paar Rinder oder Ziegen mit Hütejungen oder

Frauen, die sich, den Krug auf dem Kopf, nervös umdrehten, als wir hupten und zu schnell an ihnen vorbeifuhren. Es war alles, wie es immer gewesen war, die Menschen, die ihren täglichen Verrichtungen nachgingen, und ein Fahrer, der von seiner Familie erzählte. Ich weiß nicht, wie viel er einfach erfand, aber es gab eine lange Geschichte über einen Elefanten, der ihre gesamte Ernte niedergetrampelt hatte und wegen seines Fleisches geschlachtet worden war, und eine andere über die Tötung einer Schlange, die unter die Decke seines Kindes gekrochen war – beide Geschichten ausgemalt mit dramatischen Gesten, während er das Lenkrad sich selbst überließ. Er sah die Besorgnis in meinem Gesicht und sagte: »Ich schon lange sehr guter Fahrer.«

Als wir am Nachmittag auf der Station ankamen, war es viel zu spät, um noch am selben Tag bis zur Mission weiterzufahren. Ich meldete mich in der Boma, wo der neue Distriktskommissar sagte, ich sei willkommen, doch ohne es wirklich ernst zu meinen. Er stand kaum auf, um mich zu begrüßen und auf einen Stuhl neben seinem Schreibtisch zu deuten. Er war viel jünger als John Pryor und hatte etwas zu Geschniegeltes an sich – ordentlich gekämmte und gescheitelte rötlich-blonde Haare und ein frisch gebügeltes, weißes Hemd mit einem grauen Halstuch –, wie um das Chaos wettzumachen, das um ihn herum herrschte, die Akten, die sich auf seinem Schreibtisch zu Bergen türmten und von denen einige auf den Boden gerutscht zu sein schienen. Der Erste Bote hatte mich mit dem breitesten Lächeln und einem gespielten Salut begrüßt. Ich schüttelte ihm die Hand, und drei weitere Boten kamen ebenfalls dazu, um mich zu begrüßen. Sie hatten so viel Herzlichkeit in sich, und sie sagten alle mehrmals »Willkommen«. Ich erkundigte mich nach ihren Familien, und sie antworteten mit diesem Charme und dieser Direktheit und reinen Bereitschaft zur Freundlichkeit, die ich beinahe vergessen hatte. Dann sah ich Labson weit hinten im Schatten der Veranda. Ich ging zu ihm und legte ihm die Hand auf den Arm. Auch er hieß mich willkommen, aber ohne Lächeln. Und dann war ich plötzlich überwältigt, denn er erinnerte mich an meinen letzten Besuch an Arthurs Grab und den Abschied von Leah in der Mission. Er hatte sofort gewusst, dass meine Rückkehr kummervoll sein würde. Es lag mehr als Takt in dem Blick, den er mir zuwarf, als er einen Augenblick lang meine Hand hielt. Er wollte mich einfach wissen lassen, dass er absolut nichts vergessen hatte.

Vertieft in die Aktenberge auf seinem Schreibtisch, hatte der neue Distriktskommissar nichts von alldem mitbekommen, als ich in sein Büro ging und er, allerdings höflich, fragte, was ich denn wolle. Der Erste Bote kam herein und flüsterte ihm offensichtlich zu, wer ich war, denn er stand sofort auf und kam um den Tisch herum, um sich auf die vordere Kante zu setzen und zu sagen, wie leid es ihm tue, wobei er nicht so recht zu wissen schien, was.

Ich erklärte, dass ich wegen eines Forschungsprojekts für das Institut zur Chavumba Mission unterwegs sei, und fragte dann, ob er Nachrichten von seinem Vorgänger habe. Er sagte, er habe vor seiner Abreise ein Jahr im Sekretariat gearbeitet und »genieße jetzt seinen Ruhestand«. Er warf einen kurzen Blick auf die Akten um ihn herum, wie um sich bei ihnen zu entschuldigen, dass er sich hatte ablenken lassen.

»Schauen Sie sich nur diesen Haufen an«, sagte er. »Unter anderem dieser verdammte Jahresbericht. Heutzutage geht's nur noch um Papier, Papier, Papier. Wozu sind wir denn hier? Auf jeden Fall nicht mehr lang, ist die Antwort darauf. War seit sechs Wochen nicht mehr auf Tour. Na ja, wir werden alle bald den Laufpass kriegen. Kann es selber gar nicht mehr erwarten …«

Er beendete den Satz nicht, und ich fragte, ob ich die Nacht im Gästehaus verbringen könne. Er nickte und sagte: »Sehen Sie, ich würde Sie gern zu mir zum Abendessen einladen, aber meine Frau ist nicht da, und ich muss wirklich mit diesem Haufen hier weitermachen. Zwei Gerichtsverhandlungen morgen Vormittag, Berichte der Eingeborenenverwaltung. Wissen Sie, es tut mir wirklich leid.«

Mit einem Seufzen und einem weiteren Blick auf seine Akten stand er auf. Es war für mich das Signal zu gehen, und ich stand ebenfalls auf.

Als er mir dann die Hand gab, sagte er: »Hören Sie, ich weiß nicht so recht, wie ich das sagen soll. Aber ich habe ein paar der Projekte Ihres Gatten gesehen. Laufen immer noch gut, zumindest die meisten. Verdammt großartige Arbeit, die er da geleistet hat. Ich sage das nicht nur so, wissen Sie. Man spricht über ihn. Ich kann Ihnen eins sagen: Ihr Gatte, der hat sich bestimmt nicht mit diesem verdammten Papierkram herumgeschlagen. Der hätte sich das gar nicht gefallen lassen.«

Ich sagte, nein, wahrscheinlich nicht, und es sei nett, dass man sich an ihn erinnere und seine Arbeit weitergehe.

»Wir waren nicht alle so gut, bei weitem nicht. Wie auch immer, der Bursche im Gästehaus wird Ihnen ein Abendessen herrichten; wahrscheinlich Hühnchen und Süßkartoffeln, wenn Sie es hinunterbringen. Danke für Ihren Besuch und viel Glück in der Mission. Hoffe, Sie sind errettet.«

In Gedanken war er bereits wieder bei seinen Akten, und als er um den Tisch herumging, öffnete er eine mit einem tiefen Seufzen. Es war für mich die Gelegenheit zu fragen: »Gibt es vielleicht die Möglichkeit, dass Labson mich dorthin fahren könnte? Es gibt da unterwegs einen Ort, den er kennt ...«

»Natürlich, natürlich. Guter Mann, Labson. Einer der Besten. Gibt wahrscheinlich irgendein Versicherungspalaver, ist mir aber egal, um ehrlich zu sein.«

An der Tür drehte ich mich noch einmal zu ihm um. Er hatte den Kopf in seine Akten gesenkt. Draußen fragte ich Labson, ob er mich zur Mission fahren wolle. Er nickte nicht einmal, sondern ging sofort zu Josam, um mit ihm ein paar Worte zu wechseln und das Fahrzeug zu inspizieren. Ich erklärte Josam, er könne den Tag frei haben, und bat Labson, mich am nächsten Morgen um acht abzuholen. Er schaltete den Motor ein. »Zu alt«, sagte er. »Bitte bald, bald für Rente eingeben.« Das sagte er auf Englisch, bevor er die Motorhaube öffnete, und ich ihn seine Arbeit tun ließ.

Auf der Fahrt sprachen wir wenig. Labson glaubte wahrscheinlich, ich wäre lieber allein mit meinen Gedanken, und erriet wohl auch, dass ich mir das Zusammensein mit ihm, diese Entspanntheit wie mit einem alten Freund, am meisten wünschte. Ich erzählte ihm ein wenig von meinem neuen Job und meiner Arbeit als Bibliothekarin in London. Sich etwas zu erzählen, das war uns beiden wichtig. Er bremste, als wir die Stelle erreichten, wo Arthur begraben war, und ich schüttelte den Kopf. Auf dem Rückweg vielleicht, sagte ich. Ich wollte den Stein nicht dunkel verfärbt und überwuchert sehen, noch nicht.

Es war ein wolkiger Tag, und die Sonne brach erst durch, als wir um die Kurve fuhren und die Mission unter uns lag wie plötzlich gesegnet von Lichterglanz. Wieder schien die Kirche frisch getüncht zu sein. Kinder spielten in ihren blauen Uniformen vor der Schule, und als wir näher kamen, versuchte ich zu erkennen, ob Leah vielleicht unter ihnen war. Im Büro kontrollierte ein großer, dünner Mann mit dicker Brille offensichtlich eine Namensliste und fuhr dabei mit dem Finger über die Zeilen, als wäre es Braille. Ich stellte mich vor und wurde herzlich begrüßt, aber wie eine völlig Fremde, die möglichst bald sagen sollte, was sie wolle. Ich fragte nach Pastor Brubaker, und er erwiderte, er sei in eine andere Mission im Norden versetzt worden. Mir fiel es schwer, ohne jedes andere Anliegen sofort nach Leah zu fragen, deshalb erfand ich ein vom Institut geplantes Projekt über die Auswirkungen des Christentums auf die traditionellen Bräuche in einem Teil der Welt, den sowohl der Direktor als auch ich ziemlich gut kannten. Ich würde gern wissen, sagte ich, ob wir bei der Befragung seiner Missionsassistenten draußen in den Dörfern auf seine Mitarbeit zählen könnten, und dass das Ganze sich im Augenblick noch auf der Sondierungsebene befinde. Er schloss die Augen, vielleicht um kurz zu beten, und sagte dann, er sei zwar neu hier, aber überzeugt davon, dass er und seine Kollegen mich in jeder Weise unterstützen würden. Es sei das Werk des Herrn, fügte er nach kurzer Überlegung hinzu.

»Übrigens«, sagte ich, »als ich das letzte Mal hier war, brachte ich eine junge Frau mit, Leah Chezia, der Sie freundlicherweise Arbeit im Waisenhaus gegeben haben und die hier auch ihre Standard-4-Ausbildung abschließen sollte.«

Er schüttelte den Kopf und deutete auf eine Frau, die mit Besen und Eimer zur Kirche ging. »Die alte Miriam, sie wird es Ihnen sagen können«, sagte er.

Ich holte sie ein, als sie die Kirche betrat. Wir setzten uns auf eine Bank, und als ich Leahs Namen erwähnte, schüttelte sie den Kopf. Sie könne mir nicht genau sagen, wann, aber es könne nicht mehr als sechs Monate nach unserer letzten Begegnung gewesen sein, dass Leah an »zu starkem Bluten« litt und ins Krankenhaus gebracht wurde. An der Art, wie Miriam redete, wurde mir klar, dass sie eine Fehlgeburt gehabt hatte. Nach ihrer Rückkehr habe es »zu viele Streitereien« gegeben, und eines Tages sei sie verschwunden und woanders hingegangen. Sie wisse nicht, ob zurück in ihr Dorf. Pastor Brubaker sei ein freundlicher Mann gewesen, aber manchmal sehr zornig, sagte sie mir, während sie übertriebene Scheuchbewegungen mit ihren Armen machte und »Husch! Husch!« sagte. Leah habe Unruhe gestiftet und große Schwierigkeiten gemacht, sagte sie mir auf Englisch. Ich verließ sie, damit sie die Kirche putzen konnte, die es nicht nötig hatte, und ging zum Landrover, wo Labson auf mich wartete. Ich sagte ihm, dass Leah vor etwa achtzehn Monaten weggegangen sei, und bat ihn herauszufinden, ob irgendjemand wisse, wohin. Zurück in ihr Dorf war sie mit Sicherheit nicht gegangen, auch wenn sie vielleicht ihr Kind hätte wiedersehen wollen.

Während er unterwegs war, schlenderte ich durch die Mission. Alle vier Klassenzimmer der Schule waren voller Kinder, in einem lernten sie gerade das Lied »Onward Christian Soldiers«. Vor der Ambulanz kauerte eine kleine Gruppe, und dahinter, vor dem Waisenhaus, spielten einige Kinder Ball. Sofort fiel mir der Tag wieder ein, als ich zurückgekommen war, um mich von Leah zu verabschieden, und sie in einem Kreis von Kindern gesehen hatte, wie sie vielleicht sogar genau diesen Ball über ihre Köpfe warf. Und ich hatte gebetet, sie möge für den Rest ihres Lebens so glücklich sein wie in diesem Augenblick. Aber jetzt …

Ich kehrte zum Landrover zurück, um das Sandwich zu essen, das der Hausmeister des Gästehauses für mich gemacht hatte, und schließlich kam auch Labson wieder zu mir. Er war lange weg gewesen, und ich merkte sofort, dass er sich überlegte, wie er mich am besten nicht enttäuschte – denn ich hatte ihm gesagt, warum wir die Mission besuchten, und er ahnte, was Leah mir bedeutete.

»Tut mir leid«, sagte er auf Englisch. »Kein Mensch weiß etwas von Leah.«

Als ich nachfragte, sagte er, einer der Lehrer habe gehört, sie sei in die Hauptstadt gegangen. Aber er sagte es mit einem Achselzucken. Dann redete er in seiner Sprache weiter. »Keiner schert sich um sie. Aus ihrem Clan lebt niemand hier. Sie war eine Fremde.«

Ich fragte, ob Mr. Chitambo, der Schuldirektor, noch immer hier sei.

»Er ist an eine andere Schule sehr weit weggegangen.«

Er wich meinem Blick aus, als ich weiter in ihn drängte. »Haben sie gesagt, ob er der Vater war …?«

Das war keine Frage, die ich ihm hätte stellen dürfen, und er schaute zu der Schule hinüber. »Es gab da einen Fall vor dem Häuptlingsgericht mit Mrs. Chitambo, und er musste so weit weggehen. Niemand redete mit Leah, und sie war zu viel mit dem Ambulanzassistenten zusammen. Es tut mir leid, Missis.«

Auf dem Rückweg fuhren wir schweigend. An Labsons Tonfall hatte ich gemerkt, dass er Leahs Verhalten missbilligte. Er hatte sie nur einmal gesehen, an dem Tag, als sie in den Busch rannte und ich vor Sorge und Scham nicht fähig war, über sie zu reden. Jetzt wünschte ich mir, er wäre der Fahrer gewesen, der sie beim ersten Mal in die Mission brachte, und hätte dabei die junge Frau kennengelernt, die so glücklich über ihr neues Leben plapperte und über alles, was sie zurückgelassen hatte. Dann hätte er erfahren, wie ihr Ehemann von der Eisenbahn sie behandelt, sie davongejagt hatte, als er eine andere Frau kennenlernte. Dann hätte er erfahren, dass sie ihr Kind verlassen musste. Und so begann ich, als wir uns Arthurs Grab näherten, ihm von diesen Dingen zu erzählen. Zwischen unseren beiden Sprachen hin und her springend, dürfte ich wohl den Eindruck erweckt haben, sie wäre meine eigene Tochter.

Ich konnte meine Verzweiflung nicht verbergen, als wir an der Stelle hielten, wo Arthurs Grab war. Von der Straße aus war es nicht zu sehen, und Labson kam um das Auto herum und öffnete mir die Tür. Diesmal folgte er mir nicht. Um das Grab herum war das Gras in die Höhe gewachsen, und der Stein war mit braunen Streifen überzogen und mit Insekten- und Eidechsenkot gesprenkelt. Die eingravierte Inschrift war noch klar zu erkennen, aber die Buchstaben waren nachgedunkelt und die Ränder unscharf geworden. Man hatte sie nicht tief genug eingraviert. Ich befeuchtete mein Taschentuch und wischte Dreck und Insekten weg, um sie lesbarer zu machen. *Laborare est Orare.* Als ich mich umdrehte, sah ich, dass Labson mir zuschaute. Es war ein beschützender Blick, als wäre ich in Gefahr und er hielte sich bereit.

Als ich zum Landrover zurückkehrte und wir weiterfuhren, war Leah für einen Augenblick vergessen, und er sagte: »Ich kann den Stein putzen, wenn ich hier vorbeikomme.«

Ich schaute ihn kurz an, als er ausscherte, um ein Schlagloch zu umfahren. »Vielen Dank, Labson. Das ist sehr freundlich von Ihnen.«

Ich musste ihm sagen, was die Inschrift bedeutete, wenn er sie von Zeit zu Zeit reinigen wollte. »Das ist eine Sprache, die vor langer Zeit von einem Volk mit dem Namen ›die Römer‹ gesprochen wurde. Die Worte bedeuten, dass wir sehr hart arbeiten sollen, damit es genauso wichtig ist, wie wenn wir zu Gott beten.«

Er dachte darüber nach, als wir das Plateau erreichten, wo die Straße erst kürzlich planiert worden war, so dass wir schneller fahren konnten. Afrikaner sind, wie Karen Blixen sagte, die Meister der Pause.

»Mr. Marshall war ein sehr harter Arbeiter. Er wollte, dass alle sehr hart arbeiten, was sie manchmal nicht wollen.«

Ich sagte nichts darauf und kam wieder auf Leah zu sprechen. Aber es gab nicht mehr viel, was ich noch über sie sagen konnte. »Es war Mr. Marshall, der sagte, ich soll sie zur Mission bringen.«

Darauf erwiderte er nichts. Sein Gesicht verriet nur wenig. Ich sehnte mich danach, dass er etwas über Leah sagte, etwas Hoffnungsvolles und Positives.

Deshalb fragte ich ihn unumwunden: »Was, glauben Sie, wird aus ihr werden, Labson?«

Er beschleunigte und beugte sich vor, um sich auf den

Straßenverlauf zu konzentrieren. Neben der Straße trottete eine Herde Rinder, und er musste bremsen, während der Hütejunge versuchte, uns mit kräftigen Schlägen seines Stocks den Weg freizumachen.

»Es ist nicht gut, Missis. In der Hauptstadt, wo es nur wenige von ihren Leuten gibt. Es ist nicht gut für junge Frauen, wo es viele Kapenta und andere schlechte Menschen gibt. Ich kann nicht lügen, Missis.«

Vor dem Gästehaus der Station verabschiedete ich mich von ihm und fragte mich, ob ich ihn je wiedersehen würde. Eine Nachricht vom Distriktskommissar erwartete mich, er lud mich ein, gegen sechs auf einen Drink bei ihm vorbeizuschauen, falls ich Lust dazu hätte. Ich hatte keine, aber ich war ihm ein Wort des Danks schuldig, weil er mir Labson für den Tag ausgeliehen hatte. Ich wollte mich eben frisch machen, als ich Labson zurückkommen sah; vielleicht hatte er im Landrover etwas vergessen. Aber er brachte mir einen kleinen Weidenkorb, den seine Frau geflochten hatte. Erst dann fiel mir wieder ein, dass Arthur einen seiner Gemeindelehrer für eine Woche ins Einheimischendorf geschickt hatte, damit er den Frauen der Boten eine neue Korbmachertechnik beibrachte. Es war ein wunderschönes, kleines Stück, kaum größer als eine Untertasse, dunkelgrün mit eingeflochtenen blauen Windungen wie Flüsse auf einer Karte.

»Für Sie, Missis«, sagte er. »Meine Frau kennt Sie noch aus den Unterrichtsstunden.«

Ich hatte nichts, was ich ihm schenken konnte. Geld konnte ich ihm keins geben. Ich konnte ihm kaum danken. Und doch gab es etwas. Arthur hatte mir einmal ein farbenfrohes, vorwiegend oranges Paisley-Seidentuch geschenkt, das ich oft um den Hals trug und mir auch heute umgebunden hatte. Es war frisch gewaschen und gebügelt, und ich nahm es ab und gab es ihm. Es war etwas von mir, etwas Persönliches, und ich hoffte, er und seine Frau würden es mögen. Nein, ich wusste, dass sie es mögen würden. Ich wusste auch, dass sie es nicht als Bezahlung, als Transaktion betrachten würden. Ihr Geschenk an mich und meins an sie waren ziemlich getrennte Gesten – der Wertschätzung vielleicht, oder einfach Dinge, die einen an den anderen erinnerten.

»Vielen Dank, Labson. Und auch an Ihre Frau. Bitte grüßen Sie sie von mir. Und vielen Dank für heute.«

Er faltete das Tuch behutsam zusammen und sagte: »Das ist sehr schön, Missis. Wir haben beide Dinge von Mr. Arthur.« Keiner von uns wandte sich ab, als könnte der andere vielleicht noch etwas zu sagen haben. Dann schaute er mir tief in die Augen und sagte: »Sie sollten versuchen, Leah zu finden.« Er sprach sehr langsam in seiner eigenen Sprache und strich dabei über das Tuch, das auf seiner Handfläche lag, als müsste er sich an den glatten Stoff erst noch gewöhnen. »Aber in der Stadt gibt es zu viele schlechte Menschen, und sie kann dort für immer verschwinden, und sie wird nicht mehr dieselbe sein. Es ist sehr notwendig, dass Sie nach ihr suchen.«

Ich schaute auf das Körbchen hinunter und hatte den törichten, flüchtigen Gedanken, dass ich es eines Tages vielleicht Leah schenken und es ihr kostbarster Besitz werden würde. Es gab für mich nichts mehr zu sagen, außer ihm noch einmal zu danken. Er wandte sich ohne ein weiteres Wort ab. Wir hatten uns nicht verabschiedet, obwohl wir beide glaubten, wir würden uns nie wiedersehen.

Ich ging zum Haus des Distriktskommissars. Er schien sein Büro hierher verlegt zu haben, denn überall waren Akten verstreut.

»Willkommene Ablenkung von dem Zeug da«, sagte er und bot mir ein Glas Bier an.

Das Haus wirkte leer, so ausgeräumt, dass mich nichts mehr an die Zeit erinnerte, als ich hier bei den Pryors zu Besuch war. »Bisschen kahl«, sagte er. »Die Sachen sind noch unterwegs aus dem Norden hierher. Die Frau ist noch nicht aus dem Urlaub zurück. So ist es eben. Hatten Sie einen schönen Tag?«

Ich dankte ihm, dass er mir Labson überlassen hatte, und er fragte, wie es in der Mission laufe. »Gute Jungs im Großen und Ganzen. Bisschen zu heilig für mich, aber Schulen und medizinische Ambulanzen, was will man mehr? Die Glaubensgeschichte nimmt man eben in Kauf. Ich hoffe, Sie verstehen mich nicht falsch. Ich war nur einmal dort. Wie gesagt, der verdammte Papierkram. Wie auch immer, es passiert doch einiges, was Landwirtschaft, Tiermedizin, Tse-Tse-Kontrolle und so weiter angeht. Erziehung. Gesundheit. Hoffe nur, das geht auch so weiter, wenn wir den Tritt in den Hintern bekommen. Bin mir ziemlich sicher. Und die Arbeit Ihres Mannes …«

So redete er, schaute dabei immer wieder in seine Akten und dann auf mein Glas, als hoffe er, ich würde kein zweites wollen und er könne bald zu seiner Arbeit zurückkehren. Ich fragte ihn, ob er Kontakt zu den Pryors habe. Er schüttelte den Kopf.

»Habe gehört, sie hätten ein hübsches, kleines Häuschen, in Wiltshire, nicht? Guter Mann. Alte Schule. Das Chaos hier habe ich nicht von ihm geerbt, das muss ich sagen. Interregnum durch einen Distriktsbeamten, der sich nicht viel um Details kümmerte, wenn er auf Tour gehen konnte. Wie Ihr Mann, wollte immer unterwegs und vor Ort sein …«

Ich hatte mein Glas kaum abgestellt, als er schon aufgesprungen war und sagte: »Sind Sie sicher, dass Sie nicht noch eins wollen?«

Auf der Rückfahrt war Josam viel weniger gesprächig. Natürlich wollte er mir mehr über seine Familie und das Leben im Norden mit all den Schlangen und Elefanten erzählen, aber er schien zu spüren, dass ich lieber still sein wollte. Ich schloss die Augen und legte den Kopf zurück, als wollte ich schlafen. Er fuhr zu schnell und hupte häufig die Fußgänger vor uns an. Ich wollte nicht noch mehr Frauen sehen, die, oft mit Kindern auf dem Rücken, nervös von der Straße eilten und steif den Hals unter dem schwer beladenen Kopf drehten, wenn wir in einer Staubwolke vorbeifuhren. Gegen Ende der Fahrt fragte ich ihn nach Löwen und Krokodilen im Norden, und das brachte ihn auf Trab. Als wir uns der Hauptstadt näherten und er langsamer fahren musste, merkte er kaum, glaube ich, dass ich kurz einnickte.

Als wir vor meiner Wohnung hielten, tastete ich nach dem Tuch, das nicht mehr da war. Dann erinnerte ich mich an den Tag, als Arthur es mir gab, als Abschiedsgeschenk, bevor ich zu ihm nach Afrika kam. Es hatte damals ziemlich unangemessen gewirkt. Denn ich war kurz davor, ein Leben zu führen, in dem ein so schönes, elegantes Kleidungsstück völlig fehl am Platz wäre und ich nie die Gelegenheit haben würde, es zu tragen. Ich glaube, es überraschte Arthur, dass ich es dann oft trug, eigentlich fast jeden Tag, und ich legte Wert darauf, dass es immer sauber und gebügelt war. Die Leute starrten es immer wie gebannt an. Arthur machte nur einmal eine Bemerkung darüber, völlig aus heiterem Himmel, als er eines Abends von einer besonders anstrengenden Tour zurückkehrte. »Freut mich, dass du dieses Tuch trägst«, sagte er. »Steht dir gut. Bringt ein bisschen Stil in den Laden.«

Das war einer dieser Momente, da sein Blick aus irgendeinem öden Hinterland des Verlusts und der Verzweiflung zurückzukehren schien und ich sein Zufluchtsort geworden war. »Stil« war das Allerletzte, was Arthur wichtig war. Ich beschloss damals, es oft zu tragen, vor allem, wenn er von einer Tour zurückkam. Jetzt würde Labsons Frau es tragen. Auch das würde Arthur gefallen, glaube ich. Der Gedanke würde ihm gefallen, dass dieses farbenfrohe, glänzende Ding einen Dorfplatz erstrahlen ließ.

VIII

Im Verlauf der nächsten Wochen kam ich zu der Überzeugung, dass es unmöglich war, Leah zu finden, und weitere Versuche nichts brachten. Und falls ich sie finden sollte, wollte sie mich wahrscheinlich nicht mehr kennen. Das Leben in der Großstadt hätte ihr altes Leben ausgelöscht, und wir hätten einander nichts zu sagen, nichts Gemeinsames. Ich war an den wuchernden Townships vorbeigefahren, wo die Menschen zu Zehntausenden lebten, zusammengepfercht und weit entfernt von den freien Flächen und der Einfachheit des Dorflebens, das immer mehr von ihnen nie gekannt hatten und zu dem sie nie zurückkehren konnten. Das war jetzt Leahs Welt. Obwohl uns lediglich ein paar Meilen trennten, waren wir so weit voneinander entfernt, wie es nur ging. Sollten wir uns einmal zufällig treffen, würden wir uns grüßen und dann unserer Wege gehen. Ihre neuen Freunde würden wissen wollen, wer ich war und was ich wollte. Vielleicht würde sie es eine Weile mit Freundlichkeit versuchen, aber ihr Herz wäre nicht bei der Sache. Ich war ihr so fremd geworden wie ihr Dorf. Das waren meine Gedanken, während ich mich immer mehr in meine Arbeit vertiefte und mich in meinem neuen Zuhause eingewöhnte. Denn die Wohnung war mir ein Zuhause geworden. Abends freute ich mich, wenn ich dorthin zurückkehrte, und Leah verschwand allmählich aus meinen Gedanken. Ich würde sie zwar nie vergessen können, aber die junge Frau, an die ich mich erinnerte, existierte nicht mehr. Mir etwas anderes einzureden wäre eine Selbsttäuschung.

Dann zog ich eines Abends einen Koffer unter dem Bett hervor und fand darin ganz unten den kleinen grünen und blauen Weidenkorb, den Labson mir geschenkt hatte. So sehr er Leahs Verhalten auch missbilligte, war mir doch noch deutlich in Erinnerung, was er nach dieser langen Pause gesagt hatte – dass ich Leah finden sollte, und in seiner Stimme hatte die Andeutung mitgeklungen, dass sie mich vielleicht brauchte. In fast demselben Augenblick dachte ich, dass auch Arthur das von mir erwartet hätte. Nicht aus irgendwelchen sentimentalen Gründen, sondern ganz einfach weil es eine Verpflichtung war, die erfüllt werden musste. Ich stellte das Körbchen auf den Tisch und erinnerte mich nun auch daran, dass ich mir einmal vorgestellt hatte, ich würde es Leah schenken und sie würde es für den Rest ihres Lebens hüten als kostbaren Besitz.

Eines Tages erzählte Josam mir von einem Handwerker aus Leahs Stamm, nach dem ich schickte, weil elektrische und andere Reparaturen auszuführen waren. Es war ein glücklicher Zufall, dass er aus einem Dorf kam, das nicht weit entfernt von dem Ort lag, wo ich meine anthropologischen Recherchen durchgeführt hatte. Seine Frau und seine beiden Kinder waren dorthin zurückgekehrt, und er wollte, wie Josam, zu ihnen gehen, sobald er es sich leisten konnte. Er vermisste sie sehr und erzählte, zugleich mit Stolz und mit Bedauern, von dem Leben, das er zurückgelassen hatte. Seine Kinder waren gut in der Schule (eine, die von der Chavumba Mission geleitet wurde), und seine Frau hatte ein gutes Feld Mais und einen kleinen Laden. Er schickte ihr Geld, damit sie sich ein Kalb oder auch zwei kaufen konnte.

Und so erzählte ich ihm von Leah, deren Clan-Namen er kannte, und bat ihn, sich bei seinen Stammesbrüdern in den Townships umzuhören. Er versprach, sein Bestes zu tun, und ließ dabei auch durchblicken, dass er als enger Verwandter von seinem (und Leahs) Häuptling durchaus einen gewissen Einfluss hatte. Er wirkte wie ein Mann, der eines Tages vielleicht selbst zum Häuptling gewählt werden könnte. Das redete ich mir zumindest ein, da ich doch so große Hoffnung in ihn setzte. Wir mochten einander und plauderten in seiner Sprache, die ziemlich schnell wieder zu mir zurückkam. Ich nannte ihm den Namen von Leahs Dorf und wartete. Sein Name war Luka.

Ich musste ungefähr einen Monat warten. Ich dachte, er habe es wohl vergessen, habe meine Bitte nicht ernst genommen oder erwähne Leahs Namen nur gelegentlich und am Rande. Woher sollten wir zudem wissen, ob sie ihren Namen nicht geändert hatte? Wieder schwand Leah aus meinem Bewusstsein, und wenn ich an sie dachte, dann mit einem Gefühl der Absurdität: Was wollte ich mit einem Mädchen, das bei unserer letzten Begegnung in den Busch davongerannt war, das sich selber in Schwierigkeiten gebracht hatte und in die Anonymität der städtischen Massen geflüchtet war?

Eines Morgens schloss ich eben das Büro auf, als Luka kam, um mir zu sagen, er habe eine Frau getroffen, die glaube, sie zu kennen. Sie wisse nicht, wo sie wohne, habe aber gehört, dass sie abends manchmal in die Bierhalle gehe. Und so nahmen Luka, Josam und ich an drei aufeinanderfolgenden Abenden den Landrover und warteten im Schatten eines Bürogebäudes der Township, von wo aus wir den Eingang zur Bierhalle beobachten konnten. Gruppen junger Frauen lungerten dort herum, einige provokativ mit kurzen Röcken und tief ausgeschnittenen Blusen bekleidet und stark geschminkt, und einige trugen auch glänzende Glatthaarperücken. Andere, in enger beieinanderstehenden, furchtsam aussehenden Gruppen, hielten sich eher im Hintergrund und flüsterten miteinander. Ich fragte mich, ob ich Leah überhaupt erkennen würde, wenn sie unter ihnen wäre.

Am vierten Abend wollten wir eben wieder losfahren, weil die Bierhalle schloss, als ich drei junge Frauen sah, die Arm in Arm auf uns zukamen. Sie kicherten und schwankten und waren offensichtlich betrunken. Vier oder fünf junge Männer folgten ihnen, ab und zu riefen sie etwas und gestikulierten. Auch sie waren betrunken. Ein paarmal schauten sich die Frauen um und umfassten einander, plötzlich laut auflachend, fester. Als sie im Licht einer Straßenlaterne an uns vorbeigingen, sah ich eine vierte Frau, die hinter den anderen ging. Auch sie trug einen kurzen Rock und eine Perücke, und einmal lachte sie über die Schulter hinweg den jungen Männern zu. Trotz des Makeups war ich mir sicher, dass es Leah war, und ich konnte nicht anders, als sie zu rufen, als sie in etwa zehn Metern Entfernung an uns vorbeiging. Sie blieb stehen und kam zu uns, gefolgt von den anderen, die den Landrover umringten und hineinspähten. Ich saß zwischen Josam und Luka, der ihnen sagte, wir warteten auf jemand, und sie bat weiterzugehen. Die Frau, die ich für Leah hielt, kam um den Landrover herum und starrte an Josam vorbei mich direkt an. Noch immer war ich mir nicht ganz sicher, ob ich sie wirklich wiedererkannte. Die Perücke war seitlich verrutscht, der Lippenstift war verschmiert, und das Gesicht schien mit Puder bedeckt zu sein, der Schorfe auf ihren Wangen und der Stirn versteckte. Ihre leichte Pummeligkeit war verschwunden, mir fiel auf, wie dünn sie unter der engen Kleidung war. Es waren die Augen, an denen ich sie erkannte: dieser große Blick unter schwarzen Lidern, in dem ich sowohl Verzweiflung wie Augenblicke des Glücks gesehen hatte. Die anderen gingen bereits weiter und riefen nach ihr.

»Missis Marshall?«, sagte sie. Es war kaum mehr als ein Flüstern.

Und dann fragte sie mich mit einem kleinen Lachen in ihrer eigenen Sprache, ob ich aufgewacht sei. Das war die alte Begrüßung, auf die ich hätte erwidern müssen, ja, ich sei aufgewacht, und sie dann fragen, ob sie es sei, gefolgt von der gegenseitige Frage, ob es der anderen gut gehe und schließlich der Erkundigung nach den Lebensgefährten und Kindern – dieses lange Ritual der Höflichkeit, ohne das der Tag nicht anständig beginnen konnte. Sie hatte die Frage gestellt, als wäre es ein alter Witz, um uns beide daran zu erinnern, wie es früher einmal gewesen war und wie das Ganze jetzt zur Peinlichkeit geworden war. Das war das Letzte, was ich an diesem Abend von ihr sah, bevor sie mit einem plötzlichen, breiten Lächeln davonlief, die Augen rund vor Wiedererkennen und Spott.

Ich sagte Luka, wie dankbar ich ihm sei. An diesem Abend schwieg er, aber eine Woche später sagte er klipp und klar, er schäme sich, dass eine Frau seines Stammes so geworden sei, allerdings ohne sie wörtlich eine Kapenta, eine Prostituierte, zu nennen. Es war nicht nötig. Er schüttelte nur den Kopf. Was war bloß aus der Welt geworden? Obwohl auch das Dorfleben kaum frei war von Promiskuität und endlosen Ehestreitereien, wollte er nicht, dass seine Töchter in einer so lasterhaften, wurzellosen Welt aufwuchsen. »Stadt kann sehr schlechter Ort sein«, sagte er nur.

Ich glaube, es wäre ihm lieber gewesen, er hätte mich an diesem Abend nicht zu der Bierhalle gebracht, hätte stattdessen gelogen und gesagt, er könne keine Spur von ihr finden. Ihn konnte das Stadtleben nicht mehr schockieren, aber er schämte sich, dass er mich dorthin gebracht hatte und ich es mit eigenen Augen sehen musste. Leah hatte ihren Clan enttäuscht. Wieder musste ich an Karen Blixens Worte über den Stolz der kolonialisierten Völker denken, wie wichtig es ihnen sei, ihre Väter und Mütter zu ehren. Inzwischen war ich mir ganz sicher, dass Leahs letztes Lächeln und das kleine Lachen mich verspotten sollten und dass es dumm von mir war, sie zu suchen. Was hatte ich denn erwartet?

Luka war so abweisend gewesen, dass ich zögerte, ihn zu fragen, ob er mehr über sie herausfinden könne. Doch als er eine Woche später wiederkam, um eine Fensterscheibe zu ersetzen, sagte ich ihm so beiläufig wie möglich, ich hätte mich gefragt, wo sie wohl lebe. Er zögerte lange, als überraschte es ihn, dass irgendjemand über eine solche Frau etwas wissen wollte. Dann nickte er nur, packte sein Werkzeug zusammen und ging.

Tags darauf kam er wieder, um mir zu sagen, dass sie mit einem Europäer in einem der Eisenbahnerhäuser auf der der Township gegenüberliegenden Seite der Gleise wohne. Mit einem Kopfschütteln gab er mir einen Zettel mit der Nummer des Hauses. Dann beendete er schweigend seine Arbeit. Ich hätte ihm sehr gern etwas gesagt, was über die Wiederholung meiner Dankbarkeit hinausging. Doch ich hätte keine Antwort bekommen. Und hatten wir nicht auch schon alles gesagt – wie die Welt sich verändert hatte, dass die alten Lebensweisen verschwanden, dass es für junge Leute in den Dörfern nichts zu tun gab, die üblichen sentimentalen Klischees eben? Doch wenn ich an meinen kurzen Blick auf Leah an diesem Abend dachte, kam mir das alles überhaupt nicht sentimental vor. Josam, der sonst so gesprächig war, hatte überhaupt nichts gesagt, und während er uns zuhörte, hatte er nur hin und wieder »Bah!« eingeworfen und dabei mit Sicherheit auch von seiner Frau und seiner Familie weit weg im Norden geträumt, wo sie auf ihn warteten, mit einem Feld, das zu bestellen war, einem Laden, ein paar Rindern und einem Ziegelhaus mit Wellblechdach. Nur mit der Hilfe solcher Menschen, dachte ich, konnte Arthurs ländliches Paradies Wirklichkeit werden, eine Welt, in der die Kinder nie in die Stadt gehen müssen, um so zu werden wie Leah und diese anderen jungen Leute, die vor den Bierhallen herumlungerten. Das waren meine Gedanken in all ihrer maßlosen Trägheit gewesen, als wir an jenem Abend zurückfuhren. Jetzt war nur Schweigen, während Luka seine Arbeit beendete und ging.

Als ich den Bungalow auf dem Eisenbahngelände zum ersten Mal besuchte, war niemand zu Hause. Man hatte gar nicht versucht, innerhalb des niedrigen, verrosteten Eisenzauns einen Garten anzulegen, die Fläche war von Unkraut überwuchert und mit alten Möbeln vollgestellt. Ich war selbst gefahren, weil ich nicht wollte, dass Josam sah, was ich dort finden würde. Beim zweiten Mal kam ein Mann an die Tür. Er trug ein Unterhemd und Shorts und schaute mich mit stierer Gleichgültigkeit an, ohne ein Wort zu sagen. Anstatt mich zu fragen, was ich wollte, streckte er nur das Kinn vor. Er war unrasiert und tief gebräunt und offensichtlich eben erst aufgestanden. Seine Hände steckten in den Taschen, so dass die Shorts gedehnt wurden und ich sah, dass seine Hosenfalle offen stand.

»Tut mir sehr leid, Sie zu stören«, sagte ich. »Aber ich suche nach einer Leah Chezia ...«

»Tut *mir* leid, aber da kann ich Ihnen nicht helfen«, unterbrach er mich mit einer erstaunlich sanften Stimme mit schwerem südafrikanischem Akzent.

»Vielleicht hat sie ihren Namen geändert«, sagte ich.

»Hier gibt's eine Maria«, sagte er und rieb sich nun die Hände. »Aber wenn Sie mir die Frage erlauben, was wollen Sie von ihr?«

Die Erklärung, die ich mir zurechtgelegt hatte, klang sehr schwach. »Es ist nur so, ich habe Nachrichten aus ihrem Dorf, in dem ich früher recherchierte, nämlich dass ihr Vater krank ist und nach ihr fragt. Ich kannte ihre Familie ...«

»Schätze, jeder muss irgendwo eine Familie haben«, sagte er leise und wie zu sich selbst. Dann rief er ins Haus: »Maria! Da ist jemand für dich.«

»Kommt gleich«, sagte er. Dann rief er sie noch einmal und murmelte: »Verdammte faule Kuh.«

Er trat beiseite, und Leah kam zur Tür. »Kennst du sie?«, schrie er beinahe und lachte dann. »Leah Chezia heißen wir jetzt also?«

Leah trat an ihm vorbei ins Tageslicht. Ich weiß nicht, was ich erwartet hatte – vielleicht dass sie einfach dastand und sich anhörte, was ich zu sagen hatte, und dann wieder hineinging, weil sie nicht an die Vergangenheit, an absolut nichts davon, erinnert werden wollte. In ihrem Gesicht konnte ich gar nichts lesen. Make-up und Puder waren weggewischt, und sie trug keine Perücke. Aber diese glänzende Haut war grobporig geworden und zeigte helle Flecken, und mitten auf der Stirn hatte sie einen Schorf. Ihre Wangen waren schmaler geworden, als würde ihr Fleisch vertrocknen. Die Lider waren halb geschlossen, die Augen selbst wirkten in den tieferen Höhlen noch größer. Das Gesicht, das ich mir im Dorf so lange angeschaut hatte, sein Leuchten, dieser verängstigte, eifrige Blick, die Üppigkeit der Lippen, die sich plötzlich zu einem strahlenden Lächeln teilten – in diesem Augenblick war das alles verschwunden. Aber es war nur ein Augenblick. Denn als ich sie dann in ihrer eigenen Sprache ansprach, nur um ihr zu sagen, dass ich jetzt in der Hauptstadt lebte und wissen wollte, wie es ihr gehe, bedeckte sie ihr Gesicht mit den Händen, zog die Schultern hoch und stieß ein Keuchen oder ein Husten aus, es hätte auch ein Schluchzen sein können.

»O Gott«, sagte der Mann. »Schlechte Nachrichten, so wie's aussieht. Ich lass euch allein. Aber bitte nicht zu lang. Ich habe zu arbeiten, und sie hat ein sogenanntes Frühstück zu machen.«

Er ging nicht gleich in den Bungalow zurück, als ich Leah an der Schulter fasste und sie ein Stück vom Haus wegführte. Sie hatte noch immer das Gesicht in den Händen, und mir fiel auf, dass die Wange neben dem Zeigefinger feucht war. Ich versuchte, die Hand wegzuziehen, aber sie wollte mir ihr Gesicht nicht mehr zeigen. Sie stand einfach da, mit steifem Körper, und schien die Luft anzuhalten. Sie wollte nicht noch einmal schluchzen. Ich dachte, sie wollte mich ganz einfach nicht hier haben, als hätte ich die Verzweiflung und den Kummer ihrer Vergangenheit in ihre Gegenwart gebracht und dadurch beides vergrößert. Sie rührte sich noch immer nicht, als könnte sie nicht, und ich nahm meinen Arm weg. Der Mann war noch immer da, und als ich mich zu ihm umdrehte, klopfte er auf seine Uhr, hob dann die Hände und ging nach drinnen.

»Es tut mir leid, Leah«, sagte ich. »Ich wollte dich nicht aufregen. Hör zu, bitte vergiss das nicht. Ich lebe jetzt hier …«

Ich nannte ihr die Adresse des Büros und sagte, sie könne mich jederzeit besuchen. Sie ließ nicht erkennen, ob sie mich verstanden hatte. Ich ging zum Landrover zurück, und als ich davonfuhr, stand sie noch immer da, doch nun hatte sie die Hände nicht mehr vor den Augen, und in diesem Blick sah ich, sogar noch aus dieser Entfernung, die Leah, die ich immer gekannt hatte. Ich winkte ihr zu, hoffte auf ein Lächeln, doch sie reagierte nicht. Der Mann kam zurück und rief etwas, das ich durch das Motorengeräusch nicht verstehen konnte. Sie eilte ins Haus, und ich dachte, das wäre nun sicherlich das Letzte, was ich von ihr sehen würde. Einmal hatte ich sie in den Busch rennen sehen, und jetzt eilte sie zurück in einen Bungalow auf einem

Eisenbahngelände, um einem weißen Mann zu Willen zu sein.

Ich hätte nicht hinfahren sollen. Luka hatte recht gehabt. Ich hätte die Vergangenheit ablegen, mich damit abfinden müssen, hätte mich nicht beeinflussen lassen dürfen von der Sentimentalität des Geschenks eines kleinen Weidenkorbs. Wäre nur Labson jetzt hier. Vielleicht hätte er Luka beigepflichtet, dass es Dinge im Leben gibt, die nie wiedergutzumachen sind, und dass man der Welt ihren eigenen süßen, unerbittlichen Lauf lassen muss. Aber immerhin hatte sie mich gesehen, wusste, dass ich da war, sie gesucht hatte. Vor allem hatte ich noch immer die vage Hoffnung, ich könnte ihr ihre Gesundheit, ihr eigenes Ich wiedergeben. Es könnte noch einen Neuanfang geben, aber diesmal wäre ich die ganze Zeit bei ihr. Ich träumte sogar davon, meine kleine Wohnung mit ihr zu teilen, ihr mein Bett zu überlassen und für mich selber ein Feldbett ins Wohnzimmer zu stellen. Oder ich könnte eine größere Wohnung mit zwei Schlafzimmern suchen. So träumte ich, während ich wegfuhr, aber als ich dann im Büro ankam, war der Gedanke, dass ich sie je wiedersehen würde, es überhaupt wollte, mehr als absurd geworden.

Doch drei Wochen später kam sie wirklich. Sie hatte sich sehr um ein korrektes Aussehen bemüht. Keine Perücke und nur ein wenig Puder, um die alten Schorfe zu überdecken. Sie trug ein schlichtes grünes Kleid mit einem weißen Kragen, einen Ledergürtel und neu aussehende Sandalen. Das Kleid war ebenfalls neu, wie ich später an dem Etikett erkannte, das ihr hinten vom Kragen hing. Sie hatte noch immer kein Leuchten im Gesicht, das eher vertrocknet aussah, aber ihre Augen waren weit offen und glänzten so hell wie damals, als sie mir im Dorf gegenübersaß, meinen Fragen auswich und mir von ihrer Vergangenheit erzählte. Ihr einziges Make-up war der Lidschatten. Ihre drallen Lippen war trocken und rissig, und sie presste sie zusammen, als würde sie sich nicht mehr zu lächeln trauen.

Eine Weile stand sie einfach nur da, ließ die Arme schlaff an den Seiten herabhängen und starrte auf meinen Schreibtisch. Ich sagte noch einmal, was für eine wunderschöne Überraschung es sei, sie zu sehen. Meine Freude hätte nicht offensichtlicher sein können. Doch es kam immer noch kein Lächeln als Erwiderung, und früher hatte sie doch bei der kleinsten Gelegenheit gelächelt. Sie blieb auch stumm, als ich ihr einen Stuhl heranzog und sie sich setzte. Zuerst fiel mir nichts ein, was ich sie fragen könnte. Was konnte sie mir aus ihrem neuen Leben denn auch erzählen? Ich wusste, dass ihre stumme Schüchternheit tiefe Scham war. Warum war sie überhaupt hier?

Ich wiederholte noch einmal, dass es mich sehr freue, sie zu sehen, und fragte dann: »Kann ich dir irgendwie helfen, Leah? Egal wie. Du weißt …«

Sie schaute mich einen Augenblick an, wie um sich zu versichern, dass ich es auch ernst meinte, und sah dann auf ihre Hände hinunter, die sie jetzt rieb, als würde sie sie waschen.

Sie sprach Englisch: »Es tut mir leid, Missis, Sie in Ihrer Arbeit zu stören …«

»Das tust du nicht, Leah, das tust du nicht. Schau mich an!« Diesmal blieb ihr Blick ein bisschen länger. »Ich bin froh, dich zu sehen. Das ist alles.«

Sie sprach sehr leise, jetzt in ihrer eigenen Sprache. »Können Sie mir bitte ein bisschen Geld geben, damit ich irgendwo anders wohnen kann und nicht mehr bei Mr. Schmidt.«

Wie hatte ich nur auf den Gedanken kommen können, sie könnte je etwas anderes von mir wollen als Geld! Ich grinste über meinen Traum von einer gemeinsamen Wohnung, den Traum, ihr zu einem Neustart zu verhelfen.

»Natürlich, Leah. Natürlich.« Ich ging um den Tisch herum und legte ihr die Hand auf die Schulter. »Hast du denn schon eine andere Unterkunft gefunden?«

Sie fing an zu husten, ein tiefes Husten, das ihre Schultern beben ließ. Dann wischte sie sich mit dem Ärmel ihres Kleids die Augen. »Bei meiner Freundin, sie kann mir ein Zimmer geben.«

Als ich sie fragte, ob Mr. Schmidt unfreundlich zu ihr sei, hustete sie wieder und schüttelte den Kopf. Schließlich sagte sie auf Englisch: »Er hat mich nie geschlagen. Er kann manchmal nett zu mir sein.«

Ich fragte mich, ob es für sie nicht besser wäre, bei Mr. Schmidt zu bleiben, mit einem Dach über dem Kopf und Geld für Essen und der Freiheit, mit Freunden in die Bierhalle zu gehen. Was war die Alternative: sich im Herzen der Township mit einer anderen Prostituierten ein Zimmer zu teilen? Ich hielt weiter ihre Schulter und sagte: »Natürlich tue ich das, Leah.«

Ich ging wieder hinter meinen Schreibtisch und gab ihr den Gegenwert von vierzig Pfund und sagte ihr, sie könne wiederkommen, wann immer sie wolle, und sie dürfe nicht zögern, mich zu besuchen, wenn sie noch mehr Geld brauche. Ich hätte mich gefreut, wenn sie mich angesehen hätte, aber sie hatte wieder die Hand vor dem Mund, um ein Husten zu unterdrücken. Sie hatte mir noch nicht gedankt. Mein Geschenk hatte sie so überwältigt, dass sie nicht wusste, wie, sie suchte nach Worten. Jetzt fing sie an, den Kopf zu schütteln. Nicht Dankbarkeit wollte sie ausdrücken, sondern das, was aus ihrem Leben geworden war, die ganze Verzweiflung und Schande. Was würde Labson sagen, fragte ich mich, wenn er sie jetzt sehen könnte? Oder Luka – diese altmodischen Männer, die jetzt schon um ihre Töchter fürchteten.

Leah stand auf, und ich ging noch einmal zu ihr. Einen Augenblick lang legte sie ihren Kopf auf meine Schulter, so dass ich ihr verändertes Gesicht noch immer nicht sehen konnte.

»Vielen Dank, Missis«, murmelte sie.

Ich wollte sie bei mir behalten wie in meinem lächerlichen Traum. Ich wollte nicht, dass sie zu Mr. Schmidt zurückkehrte, um eine »faule Kuh« genannt zu werden. Sie löste sich von mir und ging zur Tür. Dort drehte sie sich um, und erst jetzt schaute sie mich an. Sie drückte sich den

Ärmel an den Mund, und ich dachte, sie weinte, aber ihre Augen waren groß und trocken. Und nun endlich lächelte sie, und einen Augenblick lang war sie, wie ich sie kennengelernt hatte, wie ich sie gesehen hatte an dem Tag, als sie mit einem Kreis kleiner Kinder Ball spielte.

Ich lächelte zurück, und nachdem sie gegangen war, dachte ich: Nun gut, das ist es dann. Ab und zu ein Besuch wegen Geld. Was konnte ich sonst für sie tun? Was konnte sie denn auch anderes von mir erwarten?

Ich fragte mich, was Arthur dazu gesagt hätte. Er sagte oft Sachen wie: »Man tut das Richtige, wenn man das Richtige tut.« Er hatte nie den geringsten Zweifel daran, warum er hier war. Während Leah in die belebte, laute Straße verschwand, stellte ich mir vor, dass er neben mir stand, die Hand leicht auf meinem Arm, was selten vorkam, und nur die geschlossene Tür anstarrte und gar nichts sagte. Darum ging es: Er hätte nie gesagt, dass es Geldverschwendung sei, dass man für die Ausgestoßenen und Leidtragenden, die hoffnungslosen Fälle nichts tun könne, dass ich mit meinem Geld und meiner Zeit Besseres anzufangen hätte. Er hätte nichts dergleichen gesagt. Natürlich hätte es eine Grundregel gegeben, nicht, dass man dem Schicksal seinen Lauf lassen muss und sich nicht einmischen darf, Finger weg davon – nichts dergleichen. Die Grundregel hatte mit Rechtschaffenheit, mit Güte zu tun, damit, nie aufzugeben und nie darüber reden zu müssen.

Tags darauf erzählte ich dem Direktor von ihr, und er deutete mit ausholender Geste zum Fenster und sagte nur: »Überall ...«

Ich sagte ihm, wie viel Geld ich ihr gegeben hatte und dass es vielleicht ein wenig dumm und extravagant von mir gewesen sei.

»Nein, das ist nicht dumm, Naomi. Es ist sehr viel, aber nicht dumm. Sie haben sie ein bisschen weniger unglücklich gemacht, als sie es sonst gewesen wäre.«

Aber seine Gedanken waren schon gar nicht mehr bei Leah. Er ging eben das Manuskript eines Aufsatzes durch, den ein Teilzeitrechercheur im Norden eingereicht hatte und von dem er wollte, dass ich ihn redigierte und mit Anmerkungen und unbeantworteten Fragen zurückschickte. Ich konnte nicht erwarten, dass Leah für ihn mehr war als ein allgemeines Phänomen, und er erwähnte sie nicht mehr. Ich glaube, er wusste, dass sie wiederkommen würde.

Etwa einen Monat lang hörte ich nichts von ihr. Zweimal überredete ich Josam, mich ungefähr eine halbe Stunde vor Sperrzeit zum Eingang der Bierhalle zu fahren. Ich sagte ihm, ich hoffte, sie wiederzusehen, und er zeigte mir mehrere Frauen, die er für Leah hielt. Er hätte recht haben können. Über das Leben in den Townships sagte er nur immer wieder, dass es schlimme Orte seien und er froh sei, dass seine Frau und seine Töchter nicht mehr hier lebten. Hingegen brauchte er nicht viel Ermunterung, um mir mehr vom Dorfleben im Norden und der Jagd nach wilden Tieren zu erzählen. Er hatte eine Phantasie, über die er oft lachte: dass die Townships plötzlich überrannt wurden von Elefanten und Löwen und Schlangen, und er stellte sich vor, dass die Leute alle in Panik davonliefen, bis niemand mehr übrig war.

Einmal sah ich eine Gruppe junger Frauen, die heiser lachend auf uns zustolperten. Ich war mir sicher, dass Leah darunter war, und wollte schon aussteigen und sie rufen, als sie in eine andere Richtung davongingen. Die Austauschbarkeit dieser Frauen war es, über die ich später nachdachte – alle trugen Perücke, waren stark geschminkt und aufreizend gekleidet. Leah hätte irgendeine von ihnen sein können, und so wollte sie es vielleicht inzwischen auch, um ihre Scham in der Selbstvergessenheit einer Gruppe zu verlieren.

Der Direktor gab mir sehr viel zu tun. Ich unternahm zwei Fahrten in die östlichen Provinzen, wo ein Graduiertenteam einer amerikanischen Universität die Systeme von Grundbesitz und Grundvererbung erforschte. Er hatte mich gebeten, die Projekte zu überwachen, und machte sich Sorgen wegen der Methodologie, die die Studenten benutzten. Außerdem musste ich ihnen Geld für ihren Unterhalt und die Bezahlung von Informanten bringen. Ich wäre sehr gern dortgeblieben. Es gab viele Unterschiede zwischen den Stämmen dort und den Stämmen, die ich kannte, und ich hätte mit Freuden Tage, Wochen, ja

Monate dort zugebracht, um über diese Unterschiede zu schreiben und dann Verbindungen herzustellen zu den Stämmen, die ich an der Universität studiert hatte. Das Institut hatte eine gute, kleine Bibliothek, und ich hatte freie Hand, alle Bücher zu kaufen, die ich wollte. Und tatsächlich fing ich selber an, ein Buch zu schreiben über mein »Vergleichen und Gegenüberstellen« von Gebräuchen in verschiedenen Bereichen, und war rund um die Uhr beschäftigt. Ich war zufrieden wie nie, und so passierte es, dass Leah in meinen Gedanken immer mehr in den Hintergrund rückte. Ich glaubte inzwischen, dass sie sich aus Scham nicht mehr traute, noch einmal zu kommen. Nicht aus Scham im Allgemeinen, sondern weil sie mich nicht noch einmal um Geld bitten konnte, ohne etwas von dem Leben zu erzählen, das sie führte, vielleicht noch immer mit Mr. Schmidt oder einem anderen Europäer, vielleicht allein in einem Zimmer, wo sie sich für alles verkaufte, was man ihr bot. Und wenn ich an sie dachte, ertappte ich mich bei der Hoffnung, sie nie wiederzusehen – denn, das muss ich zu meiner eigenen Schande gestehen, sie würde zu einer Verantwortlichkeit werden, die ich nicht schultern konnte. Falls sie noch einmal wiederkam, würde ich ihr einen Klaps auf die Schulter und noch ein Bündel Scheine geben und ihr alles Gute wünschen. Vielleicht hatten meine Studien mich inzwischen härter gemacht: individuelle Lebensläufe, die in Verallgemeinerungen passen oder nicht passen, die in Verwandtschaftsdiagrammen oder Beziehungslisten verschwinden.

Ich schreibe dies alles jetzt kurz nach meiner zweiten Rückkehr aus Afrika. Ich versuche, alles wahrheitsgetreu und nicht mit nachträglicher Einsicht zu schreiben. Wahrheitsgetreu vor allem mir selbst gegenüber, weder zu freundlich noch zu unfreundlich dem Menschen gegenüber, der ich war, als ich dachte, Leah wäre für immer aus meinem Leben verschwunden – abgesehen von gelegentlichen Besuchen und den Bitten um Geld. Denn nun muss ich darüber schreiben, was aus ihr wurde, über den Verlust, den ich spüre und nicht abschütteln kann, hier in dieser noch kleineren Londoner Wohnung an einem kalten, nebligen Winterabend. Zwar versuche ich noch immer, dieses Buch zu schreiben, will es aber jetzt für ein oder zwei Monate beiseitelegen, um meine Gedanken zu sammeln und zu rekapitulieren, was mein Leben war, bevor Leah zu mir zurückkam, und diesmal endgültig. Labsons kleines Körbchen steht neben mir, während ich schreibe. Und auf dem Fensterbrett steht der irdene Krug, das Geschenk der Männer aus Arthurs Projekt. Es sind immer frische Blumen darin. Jetzt sind es orange Azaleen, die beherrschende Farbe des Tuchs, das Arthur mir geschenkt hatte und von dem ich mir jetzt vorstelle, dass man es schon von weitem über einem häuslichen Feuer sehen kann, leuchtend wie eine hohe Flamme, wenn man auf den Pfad einbiegt, der zum Dorf der Distriktsboten führt.

IX

Als sie das nächste Mal kam, war sie sehr krank. Ich schloss am Ende des Tages eben das Büro ab, und als ich mich zur Straße umdrehte, sah ich sie etwa zwanzig Meter entfernt, sie kam, taumelnd und immer wieder Leute anrempelnd, auf mich zu. Ihre Augen waren glasig, sie zwinkerte, als versuchte sie sich bei Einbruch der Nacht zurechtzufinden. Ich dachte, sie sei betrunken, und als ich bei ihr war, sank sie in meine Arme. Zum Glück war Josam dabei, und zusammen schafften wir sie in meine Wohnung, wo ich sie ins Bett legte. Sie stöhnte und schien nicht zu wissen, wo sie war. Ihr Gesicht war schweißnass, und als ich versuchte, es ihr bequem zu machen, spürte ich die Feuchtigkeit auf ihrem Kleid. Es war das schlichte, grüne Kleid, das sie getragen hatte, als sie zu mir kam, um mich um Geld zu bitten, und das Etikett hing noch immer am Kragen.

Josam fuhr mich in die Praxis des Arztes, den der Direktor mir empfohlen hatte. Er war ein sachlicher, zurückhaltender Mann, der seit über zwanzig Jahren von dieser Praxis aus arbeitete. Der Direktor hatte mir gesagt, dass er allein lebte und man sich bei ihm ein Privatleben kaum vorstellen konnte. Ich fragte mich, warum er überhaupt in

Afrika war, was er zurückgelassen hatte, ein gebrochenes Herz vielleicht. Er schien völlig in seinem Beruf und seiner täglichen Arbeit aufzugehen. Er hatte eine Art, so intensiv zuzuhören, dass man meinte, man sei der erste Patient in der ganzen Woche. Zusätzlich arbeitete er noch im Krankenhaus und in den Townships, als wollte er unbedingt vermeiden, dass ihm Zeit für ein Privatleben blieb.

Er kam sofort mit, um sich Leah anzusehen. Ich ließ ihn mit ihr allein, und schon bald darauf kam er kopfschüttelnd wieder aus dem Zimmer.

»Lungenentzündung«, sagte er. »Durch und durch. Über vierzig Grad Fieber. Wenn Sie mich von Ihrem Fahrer zurückbringen lassen könnten, dann hole ich ihr etwas. Antibiotika sollten helfen, aber sie ist sehr schwach und wird viel Pflege brauchen. Außerdem ist sie unterernährt, was auch nicht gerade von Vorteil ist.«

Im Verlauf der nächsten vier Wochen erholte Leah sich langsam. Ich lag im angrenzenden Zimmer und hörte sie husten und fütterte sie mit Suppen und frischem, gesundem Essen und saß oft bei ihr, redete leise mit ihr und sagte ihr, wenn sie erst einmal wieder gesund wäre, würden wir uns Gedanken machen über die Zukunft. Bei diesem Wort schloss sie die Augen und schüttelte leicht den Kopf. Denn inzwischen glaubte sie, dass sie keine Zukunft hatte. Eines Abends lud ich Luka zu uns ein und hörte die beiden über ihre Dörfer reden, sie erinnerten sich an Leute und Ereignisse, und manchmal musste Leah lachen.

Kaum war sie wieder in der Lage aufzustehen, machte

ich mir Sorgen, was sie mit ihrer Zeit anstellen würde, und es war schließlich der Direktor, der vorschlug, sie könnte doch einen Kurs am neuen College of Further Education belegen. Er nannte mir den Namen des Studienleiters, und ich erkundigte mich. In drei Monaten sollte ein Kurs für Sozialarbeiter beginnen, der eine Eingangsprüfung »entsprechend Standard 6« verlangte. Man zeigte mir eine Kopie des Tests, und ich war mir sicher, dass Leah ihn schaffen konnte, wenn sie davor intensiv an ihren Englischkenntnissen arbeitete. Ich gab ihr die Lehrbücher und hörte sie an den Abenden ab.

Sie bemühte sich, fleißig zu lernen, aber ich hätte es lieber gesehen, wenn sie ein bisschen mehr Begeisterung gezeigt hätte. Der Arzt war sehr zufrieden mit ihren Fortschritten. Sie nahm zu, in ihr Gesicht kehrte das Leuchten zurück und in ihre Augen die alte strahlende Wachheit. Er sagte, er würde sie zum Röntgen schicken, um zu kontrollieren, ob es irgendwelche bleibenden Schäden gebe, und wiederholte, dass sie sehr schwach gewesen sei und es einige Zeit dauern würde, bis sie wieder ein normales, aktives Leben führen könne. Sogar die Schorfe, die sie zuvor mit Puder überdeckt hatte, schienen abgeheilt zu sein. Doch wirkte sie teilnahmslos und lächelte nur selten. Manchmal, wenn ich bei ihr saß, schien sie sich geradezu an mich zu klammern, und sie hielt mich tatsächlich fest, wenn ich aufstehen wollte. Ich sah Angst in ihren Augen. Wie anders war sie doch als an dem Tag, da ich sie zur Mission gebracht hatte; damals war sie so aufgeregt gewesen, dass nun endlich ein neues Leben beginnen konnte. Sie hatte Angst davor, dass sie nun bald wieder auf sich selbst gestellt sein würde. Ein neues Leben konnte es nicht geben. Sie konnte sich nicht ewig auf mich verlassen, und ich war alles, was sie hatte. Als ich Luka um Rat fragte, dachte er lange nach, schüttelte dann den Kopf und meinte, vielleicht könnte sie ja eines Tages einen sehr guten Ehemann finden. Am College of Further Education, dachte ich, würde sie vielleicht jemanden kennenlernen …

Ich wünschte mir, ich könnte sie dazu bringen, mit mir zu reden, mir ihre Ängste anzuvertrauen. Immer wieder versicherte ich ihr, dass ich stets für sie da sein würde, dass sie bei mir bleiben könne, so lange sie wolle, dass ich problemlos eine größere Wohnung finden könne. Aber ihre innere Müdigkeit, dieses Gefühl der Hoffnungslosigkeit blieb. Ich beobachtete, wie ihre Schönheit allmählich wieder zurückkehrte, und wünschte mir so sehr, dass ich sie wie Luka zum Lachen bringen könnte. Manchmal, wenn wir abends genug hatten von den Lehrbüchern, ging sie ins Bett, und ich las ihr zum Einschlafen aus den Büchern vor, die ich zu der Zeit selber gerade las. Ich erinnere mich an *Jenseits von Afrika, Afrikanische Tragödie, Ein Haus für Mr. Biswas* und *Okonko oder Das Alte stürzt.* Vieles verstand sie nicht, aber hin und wieder übersetzte ich Wörter und Sätze, und ich glaube, dass dieses Vorlesen aus einer anderen Welt des Denkens und der Phantasie am Rande des Schlafs erholsam für sie war, auch wenn es die Erholsamkeit des Vergessens war. Ich war noch nie glücklicher gewesen und wünschte mir, sie könnte dieses Glück mit mir teilen.

Ich fragte sie nicht gern nach ihrer Vergangenheit, aber an dem Abend nach Lukas Besuch konnte sie sich nicht auf die Englischstunde konzentrieren, und ich fragte sie, was ihr Sorgen bereite. Ich hatte ihr gerade erst von dem Kurs am College of Further Education erzählt, und obwohl sie jetzt in der Zukunft etwas hatte, worauf sie sich freuen konnte, wirkte sie merkwürdig verträumt und abgelenkt. Vielleicht war sie einfach nur müde, denn obwohl ihre Gesundheit und ihre Vitalität sich so verbessert hatten, dass sie manchmal sogar ausgehen konnte, um Essen einzukaufen, musste sie sich noch immer häufig hinlegen und die Augen schließen. Sie nahm meine Hand, als ich das Lehrbuch zuklappte, und sagte: »Eines Tages ich kann mein kleines Mädchen wieder bei mir haben?«

»Natürlich kannst du das«, sagte ich.

Sie hatte noch nie über ihr Kind gesprochen, das sie zu einer Großmutter gegeben hatte, als sie heiratete und an die Eisenbahnlinie zog. Als ich sie in dem Dorf befragte, hatte ich mich sicher mehr als einmal erkundigt, ob sie sich wieder um das Kind kümmern wollte, aber das war eine Frage, die sie ignorierte. Jetzt runzelte sie die Stirn, und ich wusste, der Grund war, dass sie nicht erwarten konnte, bei mir zu bleiben und das College zu besuchen, wenn sie sich um ein kleines Kind kümmern musste. Das war ein Teil der Zukunft, an die sie nie glauben konnte.

Ich legte ihr die Hand an die Wange und wiederholte:

»Leah, hör mir zu. Natürlich werden wir dein Kind hier haben.«

Nun lächelte sie doch, dieses unvermittelte, überraschende Lächeln so voller Freude, aber es verschwand schnell wieder, und sie drehte sich um und schlief ein. Ich erzählte Luka, was sie mich gefragt hatte, und dieser normalerweise ziemlich strenge, mürrische Mann war regelrecht begeistert. O ja, ich war noch nie so glücklich gewesen, mit einer Stellung, die ich liebte, Arbeit, die mich erfüllte, und Leah auf dem Weg der Besserung. Ich erkundigte mich sogar nach einer neuen Wohnung nah am College und mit einem viel größeren Garten im Hinterhof, damit ein Kind darin spielen konnte.

Dann kam der schreckliche Tag. Der Arzt besuchte uns inzwischen nur noch zweimal pro Woche, und er hatte für Leah eine Röntgenuntersuchung organisiert. Er rief mich im Büro an und bat mich, in seine Praxis zu kommen. Ich werde sein Gesicht nie vergessen, als er mich über seinen Schreibtisch hinweg anschaute. Er hatte immer so unerschütterlich gewirkt, ein Fels in der Brandung, doch jetzt war er vollkommen verändert. Es war, als hätte ihn alles, was ihn in der Vergangenheit gequält hatte, was für ein Schmerz es auch gewesen sein mochte, nun plötzlich überwältigt.

»Es tut mir leid, Naomi«, sagte er. »Es sind keine guten Nachrichten. Sie wissen, dass die Müdigkeit blieb, obwohl die Lungenentzündung abgeklungen war, und sie hat ja wirklich zugenommen und sieht sehr viel besser aus. Sie ist ein wunderschönes Mädchen, nicht?« Er sah meine Ungeduld, sein Blick blieb gelassen, und seine gewohnte Nüchternheit kehrte zurück. »Es ist Krebs.«

Erst war ich sprachlos, dann sagte ich: »Gibt es irgendetwas ...«

Er schüttelte den Kopf. »Nein, nicht wirklich. Ganz sicher kann man nie sein, aber sechs Monate wären eine realistische Einschätzung.« Er wartete auf weitere Fragen. »Es tut mir sehr, sehr leid.«

Während ich nun versuche, das alles niederzuschreiben, erinnere ich mich an diesen ersten Ausdruck auf seinem Gesicht, als wären Krankheit und Sterben nicht Dinge, mit denen er jeden Tag seines Arbeitslebens zu tun gehabt hatte. Ich schätze, ich dankte ihm. Ich schätze, ich fragte ihn, ob sie besser ins Krankenhaus gehen solle, und er sagte, das sei sinnlos und es sei besser, wenn ich mich zu Hause um sie kümmerte. Ich schätze, er sagte mir, dass er regelmäßig vorbeischauen und ihr palliative Medikamente und Schmerzmittel geben werde. Ich schätze, er sagte auch etwas darüber, ob ich es ihr sagen sollte und wann. Ich schätze, er sagte, es gebe keinen Grund, warum sie nicht mit ihrem Kurs am College of Further Education anfangen solle. Ich schätze, er sagte mir, es sei keine gute Idee, ihr Kind zu ihr zu bringen. Er beantwortete Fragen, von denen ich nicht mehr weiß, ob ich sie gestellt hatte.

Als ich zum Landrover hinauskam, konnte Josam sehen, dass etwas ganz und gar nicht in Ordnung war. Wahrscheinlich nahm er an, dass ich selber schlechte Nachrichten bekommen hatte. Auf der Rückfahrt redeten wir nichts. Dann war ich wieder bei Leah, saß neben ihr, war streng mit ihr wegen eines Aspekts der englischen Grammatik und fragte sie, was sie zum Abendessen wolle. Ich konnte es ihr noch nicht sagen. Aber sie starrte mich an und dann auf meine Hände hinunter, die das Buch öffneten und schlossen, damit sie nicht zitterten. Ich hatte beschlossen, sie keine Veränderung an mir merken zu lassen, aber wie konnte ich dieses Glück aufrechterhalten, das ich mit ihr erfahren hatte, das größte Glück, das ich je erlebt hatte? Vielleicht dachte sie, dass ich Probleme mit der Arbeit hatte, dass das, was sie immer am meisten gefürchtet hatte, jetzt eingetreten war und man sie nun wieder in die Welt hinausjagen würde, ohne ihr Kind, zurück zu einem Leben mit Mr. Schmidt oder seinesgleichen. Sie schaute mich ein letztes Mal an, bevor sie tief seufzte, das Gesicht abwandte und die Augen schloss. Ich bereitete das Abendessen zu und brachte es ihr. Während sie aß, las ich ihr Karen Blixen vor, aber sie hörte mir nicht zu, nahm den Blick kaum vom Essen. Ich gab ihr eine Dosis Stärkungsmittel und küsste sie auf die Stirn, und als ich das Licht ausschaltete, dachte ich mir, wie wunderbar ihre Haut doch leuchtete, als hätte sie Gold unter dem Braun, diese Haut, die jetzt wieder glatt war wie die eines Kindes.

Zwei Wochen vergingen. Der Arzt brachte noch einige Pillen. Ich sagte ihm, sie wisse es noch nicht, und er redete mit ihr, als hätte sich nichts geändert, und sie machte noch immer gute Fortschritte. Anscheinend hatte Josam Luka etwas gesagt, denn er kam noch einmal, um mit ihr zu plaudern, und brachte sie sogar ein paarmal zum Lachen. Auf dem Weg nach draußen hätte ich ihm am liebsten gesagt, dass sie im Sterben lag, aber er schien es bereits zu wissen, und zwar weil sie es wusste, nicht mit Gewissheit natürlich, aber zumindest ahnte sie, dass etwas ganz und gar nicht stimmte, und mir wurde klar, dass ich nicht versuchen sollte, es vor ihr oder vor ihm zu verbergen. Inzwischen glaubte sie, sich darauf verlassen zu können, dass ich mich um sie kümmerte, und um ihr Kind. Deshalb musste das, was nicht stimmte, mit ihr zu tun haben, und vielleicht sagte ihr sogar ihr Körper mit diesen plötzlichen Müdigkeitsanfällen und den ersten Schmerzen, dass sie, was sie auch haben mochte, nicht lange würde ertragen müssen.

Dann sagte sie eines Abends, als wir Englisch übten: »Es nicht möglich ist heutzutage, dass mein kleines Mädchen kommt und bei uns bleibt, ist es nicht?«

Es waren ihre Fehler, die mich so tief berührten, und ich eilte mit einer gemurmelten Entschuldigung aus dem Zimmer. Als ich zurückkam, nahm sie meine Hand und fragte, wieder auf Englisch: »Ist es, Missis Naomi, dass ich nicht mehr jetzt leben werde für sehr lange Zeit?«

Ich nickte nur, und dann lächelte sie, dieses alte, wunderbare, spontane, lebensbejahende Lächeln und sagte nur: »Vielen Dank. Es ist gut.«

Es war mir zuliebe, und von diesem Augenblick an sollte alles mir zuliebe sein. Sie übernahm die Kontrolle. Am wichtigsten war ihr, dass sie ihr Kind noch einmal wiedersah, und wir diskutierten sehr praktisch darüber, was für sie am besten sei. Luka fuhr nach Hause und erzählte uns, dass er das Kind gesehen habe. Obwohl es ihrer Großmutter noch recht gut gehe, könnten sie und die anderen Verwandten sich nicht angemessen um das Mädchen kümmern. Es gebe wenig zu essen und Anzeichen von Unterernährung, und sie sei nicht gut gekleidet. Und so beschlossen wir, sie in das Waisenhaus der Mission zu bringen. Wir würden sie einfach übergeben, und Luka sollte uns dorthin fahren. Ich fragte den Direktor um Erlaubnis, und wieder sagte er ohne das geringste Zögern, dass wir das natürlich tun müssten. Er hatte Leah zweimal besucht, war bei ihr gesessen und hatte sich leise mit ihr unterhalten, ich weiß nicht, worüber. Er lächelte, als er herauskam, und ich glaube, er war ganz einfach verzaubert von ihr.

Er sagte mir, weil sie ihre Eltern so jung verloren hatte, habe sie sie nie fragen können, woher ihr Name komme, und schlug mir vor, ich sollte ihr diesen Teil aus der Genesis vorlesen. Er lächelte. »Aber sie hören besser vor den Mägden und dem Viehdiebstahl auf.«

Es gab eine Übersetzung der Bibel in ihrer Sprache, aber sie wollte es auf Englisch hören. Deshalb las ich ihr das Kapitel in beiden Sprachen vor. Als ich fertig war, sagte sie: »Dann kann meine Tochter jetzt stattdessen Rachel heißen.« Irgendetwas daran machte sie sehr glücklich, und sie sagte immer wieder »Rachel«. Sie hatte es jetzt sehr eilig, sie zu sehen und fragte mich jeden Morgen, ob wir an diesem Tag fahren würden. Sie ging in das Bekleidungsgeschäft ein paar Häuser entfernt und kaufte für ihre Tochter ein grünes Kleid mit einem weißen Kragen, so wie sie selbst eins hatte, und dazu noch ein Paar braune Schuhe und Unterwäsche. »Rachel wird auch sehr klug sein.«

Der Tag kam, und wir brachen früh auf. Luka hatte schon einige Zeit keinen Landrover mehr gefahren und war langsamer als Josam, auch versuchte er, wann immer es ging, nicht zu hupen und die Leute nicht in eine Staubwolke zu hüllen. Leah war bester Laune und zeigte uns hier und dort ganz gewöhnliche Dinge – eine Herde Rinder oder Ziegen, einen überfüllten Minibus, eine Frau mit einer großen und beschwerlichen Last auf dem Kopf, ein Schulgebäude, vor dem Kinder spielten –, als hätte sie vergessen, dass das alles draußen in der klaren, frischen Luft überhaupt existierte, der langsame Rhythmus des Lebens, das sie zurückgelassen hatte. Sie wusste, dass die Freude, die sie jetzt beim Anblick all dieser Dinge empfand, auch daher stammte, dass sie sie zum letzten Mal sah, und hin und wieder drehte sie sich mit einem schüchternen, fast schuldbewussten Lächeln mir zu. Sie redete ununterbrochen mit Luka, fragte ihn nach dem Dorf, in dem Rachel lebte, und den Leuten, die er dort kannte. Er antwortete vorsichtig, weil er wusste, wie viel seine Antworten ihr bedeuteten und weil er sich aufs Fahren konzentrieren musste.

Das Dorf, in dem Rachel lebte, lag eine Meile abseits der Straße und etwa zehn Meilen vor der Distriktsstation. Der Feldweg, der dorthin führte, war voller Gräben und Schlaglöcher, und da Luka ihnen auszuweichen versuchte, konnte er kaum schneller als Schrittgeschwindigkeit fahren. Während wir von einer Seite zur anderen schwankten, presste Leah die Hände fest zusammen und versuchte, ihr Keuchen und die plötzlichen Schmerzattacken zu unterdrücken. Ich legte meine Hand auf ihre Fäuste, und sie schloss die Augen.

Es war mitten am Tag, und die Sonne stand hoch am Himmel. Das Dorf war eine typische Ansammlung kleiner, baufälliger Lehmhütten, einiger Getreidespeicher und einer Schar Hühner, Ziegen und Hunde, die im Staub der zusammengebackenen Erde nach Fressbarem suchten. Es war kein Mensch zu sehen, und Luka verließ uns, um sich zu erkundigen. Als er zurückkam, sagte er, wir müssten den Rest des Wegs zu Fuß ins nächste Dorf gehen. Ich nahm Leah bei der Hand und führte sie den Pfad entlang. In der anderen Hand hatte sie die Tüte mit Rachels neuem Kleid. Es war nicht weit, vorbei an einem Rinder-Kral und einem ausgetrockneten Bachbett, und dann waren wir schon da.

Luka deutete zu einer Hütte, vor der eine alte Frau an einem Feuer saß und in einem Kochtopf rührte. Vier kleine Kinder, ein Mädchen und drei Jungen, spielten in ihrer Nähe. Ein Junge jagte ein Huhn, und die zwei anderen zogen ein Spielzeugauto aus Drahtgeflecht. Das Mädchen fegte vor der Hütte. Sie alle trugen kaum mehr als Lumpen,

Haut und Haare waren mit Staub bedeckt. Als wir ihnen zuschauten, rief die alte Frau etwas und schlug dann nach einem Hund, der am Kochtopf schnupperte. Luka ging zu ihr und sprach mit ihr, und sie deutete auf das Mädchen, das jetzt seitlich der Hütte fegte. Das Mädchen kam zu ihnen. Sie war ungefähr vier Jahre alt. Ihr Kleid war früher einmal blau gewesen, vielleicht eine alte Schuluniform. Es war an der Taille und am Saum aufgerissen und hing nur an einer Schulter. Verängstigt schaute sie zu Luka hoch, als die alte Frau mit ihr redete, ihr vielleicht sogar sagte, warum er hier war. Wir hielten uns im Hintergrund im Schatten eines Baums, und jetzt deutete Luka auf uns. Dann nahm er das Kind bei der Hand und brachte es zu uns.

Schon vor der Abfahrt hatte ich Leah gefragt, ob man es ihrer Tochter sagen sollte, dass sie ihre Mutter war. Sie hatte den Kopf geschüttelt und die Hand vor den Mund gehalten. »O nein, nein!«, hatte sie gesagt. »Das darf sie nicht erfahren.« Luka hatte den Kopf geschüttelt, als wäre das eine Frage, die nie hätte gestellt werden dürfen. Ich wusste nicht, ich weiß noch immer nicht, was er der alten Frau gesagt hatte, warum wir das Kind mitnehmen wollten. Luka redete noch einmal mit ihr, und sie schien wegen irgendetwas wütend zu sein. Leah und ich traten ein Stückchen näher, blieben aber in einem gewissen Abstand stehen. Die Frau sagte, sie müsse sich um zu viele Kinder kümmern und Rachel sei ihr von einem anderen Verwandten gebracht worden, ohne dass sie je gefragt worden sei. Sie deutete auf den nächsten Getreidespeicher und meinte, sie würden alle verhungern. Sie wollte Geld für die anderen Kinder, wenn sie Rachel nicht mehr ernähren musste. Geduldig erklärte Luka ihr, dass er mit dem Häuptling gesprochen und dieser erlaubt habe, dass man das Mädchen zur Mission bringe. Dann kam er zu uns und fragte mich, wie viel Geld ich ihr geben könne. Ich gab ihm mehr als genug, um Maismehl für den Rest des Jahres zu kaufen, und Luka murmelte, das sei »zu viel«. Sie stand auf und verbeugte sich, um mir zu danken. Die anderen Kinder standen jetzt bei ihr, und ich hoffte, sie konnte es sich jetzt auch leisten, sie neu einzukleiden. Luka redete weiter mit ihr, vielleicht fragte er sie nach ihren Clan-Mitgliedern, und schließlich lächelte sie.

Als ich mich umdrehte, waren Leah und Rachel nicht mehr da. Ich verabschiedete mich von der Frau, und als Luka und ich zurückgingen, kam Leah mit Rachel hinter einer Hütte hervor, Rachel mit dem neuen grünen Kleid und den Schuhen. Ich hatte Leah meine Wasserflasche gegeben, und in dieser kurzen Zeit hatte sie Rachel das Gesicht und Arme und Beine gewaschen, so dass die Haut noch feucht war und im Sonnenlicht glänzte. Leah stand einfach neben dem Kind und hielt seine Hand. Sie zeigte uns dieses breite, strahlende Lächeln, aber jetzt war es wie festgefroren. Sie versuchte, nicht zu weinen. Wenn es Tränen gegeben hätte, dann hätten sie alles Bisherige in ihrem elenden Leben fortgespült. Luka eilte voraus, und ich folgte ihm. Ich war überwältigt und konnte mich nicht umdrehen, denn sie sollte mein nasses Gesicht nicht sehen.

Auf dem kurzen Pfad drehte ich mich doch einmal um, bevor wir den Landrover erreichten. Leah beugte sich über die Kleine und redete mit ihr, versuchte sie dann aufzuheben, um sie zu tragen, doch sie musste sie mit einem Stöhnen gleich wieder absetzen. Das Kind hatte keine Ahnung, was mit ihm passierte, und starrte mit sprachlosem Erstaunen einfach geradeaus. Da waren sie also, Mutter und Kind, unterwegs auf einem Pfad durch den Busch. Ich sah, dass Leahs Kleid dunkle Flecken hatte, offensichtlich hatte sie es benutzt, um Rachel Gesicht und Glieder zu säubern. Als wir den Landrover erreichten, hörte ich hinter mir einen Ausruf, und Leah bückte sich, um Rachel die neuen Schuhe auszuziehen. Sie schaute zu mir hoch und lachte, als wollte sie sagen: Wie hatte ich nur nicht daran denken können, dass Rachel noch nie Schuhe getragen hatte und ihr darin die Füße wehtun würden?

Bevor wir losfuhren, machten wir Mittagspause und aßen die Sandwiches und die gekochten Eier, die ich vorbereitet hatte, oder genauer, Luka und ich aßen. Leah meinte, sie habe keinen Hunger, und Rachel war zu verwirrt. Sie saß auf Leahs Schoß, und wir fuhren an der Station vorbei und weiter auf der Straße, die zur Mission führte. Leah flüsterte so leise mit Rachel, dass ich durch den Motorenlärm nichts verstehen konnte, und nach einer Weile fing Rachel an, ein wenig zu nicken. Leah schien ihr zu erklären, dass wir sie an einen Ort mit vielen anderen Kindern brachten, wo es auch eine Schule gebe, die sie besuchen könne, und wo sie sehr glücklich sein werde. Ich konnte mir nicht vorstellen, wie sehr sie sich wünschen musste, Rachel zu sagen, dass sie ihre Mutter sei, wie sehr sie geliebt werde, und dass sie sie nie vergessen dürfe. Sie konnte nichts dergleichen sagen. Sie konnte sich keine Tränen erlauben. Während wir über diese unplanierte Straße zockelten und holperten, sah ich in ihren Augen eine unglaubliche Mischung aus Angst und Freude. Es gab noch so viele Sachen zu sagen, bevor sie endgültig Abschied voneinander nahmen. Die Liebe war so unvollständig, sie konnte nicht erwidert werden. Es war die einzige Liebe, die sie je gekannt hatte, und man konnte ahnen, was daraus hätte werden können. Hin und wieder schaute ich Luka an, wenn er zu ihnen hinsah. Was er wohl empfand? Sicher mehr als ich, da er eine Frau und eigene Kinder hatte, mit denen er den Rest seines Lebens würde verbringen können.

In der Mission ließ ich die anderen beim Landrover zurück und ging ins Büro. Derselbe Mann war da, und ich sagte ihm ganz einfach, dass ich ihm ein Kind gebracht hatte, dessen Mutter im Sterben lag und das keinen Vater hatte. Er schaute hinaus und sah Leah eben Rachel aus dem Landrover heben. Eine Wolke schob sich vor die Sonne, und ein kühler Wind blies durch die Mission und verwandelte das Maisfeld dahinter in ein silbriges Meer. Dann kam die Sonne wieder heraus. Hinter dem Büro leuchtete die Kirche weiß wie immer, und das Messingkreuz über dem Eingang funkelte wie frisch poliert. Ein Summen kam aus den Schulgebäuden, daneben mähten zwei Männer mit Sensen das Gras. Auf der Veranda der Ambulanz stand eine Schlange an, und ein Mann goss den Gemüsegarten unter einem Dornenbaum auf der anderen Seite der Kirche. Wie makellos sie das alles hier hielten, wie ordentlich! Leah redete mit Rachel, deutete auf jedes einzelne Gebäude und sagte ihr zweifellos, dass das nun ihr neues Zuhause sei. Was für ein wunderbarer Anblick musste das für dieses kleine Kind gewesen sein, nach dem Dorfleben, das es eben erst verlassen hatte.

Für den Missionar gab es überhaupt keinen Zweifel. Es war, als hätten sie uns erwartet. Wir gingen hinaus und sahen, wie Leah Rachel hochhob, und ihre Gesichter berührten sich. Dann drehte Leah Rachel leicht, so dass sie ihr ins Gesicht schauen konnte. Vielleicht überlegte sie sich, was sie sagen sollte, ein paar letzte Worte, mit denen sie Rachel in Erinnerung blieb. Es war, als wären sie völlig allein. Der Missionar zögerte, als wollte er diesen Augenblick der Vertrautheit nicht stören, und kehrte ins Büro zurück. Leah rührte sich nicht. Seitdem habe ich mir immer gedacht, sie wollte mit ihrem Blick das Kind einfach mit so viel Liebe und Kraft erfüllen, dass ihm nie etwas passieren könnte. Oder schaute sie ins Herz des Lebens selbst, da es ihr nun bald entrissen wurde? Aber wie soll ich ihre Gedanken kennen, wo ich doch kinderlos bin? Schließlich kam der Missionar und hob Rachel in die Höhe, bis ihre Augen auf gleicher Höhe waren, und sagte in ihrer Sprache: »Willkommen in deinem neuen Zuhause!« Es war so einfach für ihn. Lasset die Kinder zu mir kommen.

Er trug sie davon und gab sie einer Frau, die sie zu einer Gruppe spielender Kinder führte. Leah sah zu, wie Rachel einfach nur dastand, zu schüchtern, zu überwältigt, um mitzuspielen. Ich ging zu Luka, um ihm zu sagen, wir könnten jetzt zurückfahren. Aber auch ich war zu überwältigt, um zu sprechen. Er nickte, fasste meinen Ellbogen und führte mich ein kurzes Stück in die Richtung des Büros. Er wollte Leah ein wenig mehr Zeit geben. Dann kehrten wir um. Leah stand noch immer da, sehr still, die Hände an den Seiten herabhängend, und sie betrachtete ihr Kind. Ich glaube, sie sah uns gar nicht, bis wir direkt neben ihr standen. Ihr Gesicht war ausdruckslos, als sie kurz den Arm um mich legte, doch ohne mir in die Augen zu sehen. Rachel fing nun an, mit den anderen Kindern zu spielen, und Leah stieg in den Landrover und schaute sich mit einem sehr knappen Lächeln noch einmal um. Sie schien eine absolute Gewissheit erreicht zu haben, jenseits aller Resignation, als hätte ihr jemand von drüben einen Wink gegeben.

Der Missionar schaute uns von der Tür seines Büros aus zu. Ich ging zu ihm, um mich zu verabschieden. »Danke, dass Sie sie gebracht haben«, sagte er. »Wir haben eine lange Liste von Leuten in den Staaten, die mit Geldgeschenken ein Kind adoptieren wollen. Sie ist ein reizendes Kind, und ich werde morgen ein Foto von ihr machen und es dorthin schicken.« Ich nannte ihm meine Adresse und bat ihn, mich wissen zu lassen, wie es ihr gehe, und gab ihm dann den Rest des Geldes, das ich noch bei mir hatte.

Als Luka den Motor startete, übersetzte ich Leah, was er gesagt hatte. Sie reagierte nicht. Ihr Kind blieb an diesem vertrauten Ort zurück, gehörte nun zu anderen Menschen, Fremden. Und welche Erinnerungen hatte sie an diesen Ort? Sie hatte sich nicht vom Landrover entfernt. Sie hatte nicht gewollt, dass jemand sie erkannte. Vielleicht war das Teil ihrer ausdruckslosen Miene – dass sie nicht als Rachels Mutter gesehen werden wollte. Für sie war es nicht der Ort des Lieben Herrn Jesus, kein Paradies auf Erden wie für Rachel.

Auf der Straße zurück zur Anhöhe schloss Leah die Augen und sagte nichts. Ich hatte ihr eine doppelte Dosis Schmerzmittel gegeben, und sie schien eingeschlafen zu sein, als sie plötzlich aufwachte, kurz vor der Stelle, wo Arthurs Grab lag. Ich bat Luka, langsamer zu fahren, und da war es auch schon. Auf dem Herweg war ich zu abgelenkt gewesen von Leah und Rachel, um nach der Stelle Ausschau zu halten. Der Pfad, der zum Grab führte, war freigelegt und geebnet und mit Kies bedeckt. Der Grabstein war von der Straße aus gut sichtbar, und die Inschrift war schwarz lackiert. Das war Labsons Versprechen gewesen. Jetzt konnte niemand die Mission besuchen, ohne an Arthur erinnert zu werden. Luka wusste, was passiert war, sprach allerdings nie darüber, und jetzt hatte er gesehen, wo Arthur begraben lag. Ich stieg nicht aus. Es war nicht nötig. Ich fragte mich stattdessen, was Arthur von Leah gehalten hätte und davon, dass wir Rachel zur Mission brachten.

Vielleicht habe ich ihn als mitleidslosen Mann dargestellt. Aber beide Male, da er mich zu einem seiner Projekte mitgenommen hatte, war es der Anblick der Kinder gewesen, Kinder, die an einem Bohrloch standen oder aus der Schule kamen, was in seinen ruhelosen Augen so etwas wie die Befriedigung eines wahr gewordenen Traums aufscheinen ließ. Als wir wieder losfuhren, wünschte ich mir, ich hätte diese Vision auch seinen Adoptiveltern in Chester verständlich machen können. Ihr Sohn war ein Visionär. Aber das wäre ihnen nicht wichtig gewesen. Sie hätten nur gewollt, dass ihr Sohn noch am Leben wäre: Man sieht doch, was diese Visionen ihm gebracht haben! Ich dachte auch, Arthur hätte es wohl nicht gewollt, dass man ihn auf der Kuppe eines Hügels so zur Schau stellte. Er hätte es gehasst. Sein Leben war nichts. Nur die Arbeit zählte.

In der Station hielten wir in der Nähe des Fuhrparks an. Ich wollte Labson wiedersehen, und da war er auch, mit einem Schraubenschlüssel in der Hand drückte er eben die Motorhaube eines Bedford-Lasters zu. Ich stellte ihm Luka vor und erzählte, was wir getan hatten. Leah blieb im Landrover, und Labson ging zu ihr, um sie zu begrüßen, bevor ich ihm sagen konnte, wie krank sie war. Sie waren sich noch nie begegnet, aber Leah schenkte ihm ein Lächeln des Wiedererkennens, als wollte sie ihm zeigen, dass nun endlich alles gut sei für sie. Als er zurückkam, dankte ich ihm, weil er sich so gut um Arthurs Grab gekümmert hatte. »Das ist nichts«, sagte er.

Ich nahm ihn beiseite, als Luka zum Landrover zurückging, um ihn aufzutanken, und erzählte ihm von Leah. Ich bat ihn, sich nach Rachel zu erkundigen, wann immer er zur Mission käme, und gab ihm meine Adresse. Ich sagte ihm, dass ich das kleine blaue und grüne Weidenkörbchen, das er und seine Frau mir geschenkt hatten, noch immer sehr in Ehren halte und dass ich Leah davon erzählt hatte.

Er nickte. Das war alles. Aber als wir bereits am Aufbrechen waren, kam er zu uns und sagte mit langsamen Worten zu Leah: »Ich werde deine Tochter viele Male besuchen. Darauf kannst du dich verlassen.«

Und so kehrte Leah in ihr letztes und einziges Zuhause zurück. Die Fahrt hatte sie angestrengt, und sie blieb mehrere Tage im Bett. Ich hatte Schwierigkeiten, sie zum Essen zu überreden, und sie brauchte größere Dosen Schmerzmittel. Jeden Morgen fragte sie mich, ob ich etwas von der Mission gehört hätte, und endlich erhielt ich einen Anruf und erfuhr, dass Rachel sich sehr gut einlebe und »so ein glückliches Kind« sei. Am nächsten Tag bekam ich einen Umschlag mit Rachels Foto darin. Es war das Foto, das man in die Staaten geschickt hatte, um einen Sponsor für sie zu finden. Ihr Lächeln wirkte echt, nicht so, als hätte sie es nur für die Kamera aufgesetzt. Ihre Haare waren nach oben gekämmt und wurden auf dem Kopf von einem gelben Band gehalten. Als ich es Leah gab, keuchte sie auf und drückte es sich an die Brust. Wie sollte man am Gesicht eines vierjährigen Kindes erkennen, wie reizend es in Aussehen und Wesen werden würde? Wie grauenhaft, sich vorzustellen, dass die Welt es eines Tages ausnutzen und ihm schaden würde! Hatte Leah früher auch so ausgesehen? Überall sah man diese eifrigen, jungen Gesichter, voller Sehnsucht und Erwartung. Ich ging sofort hinaus, um einen Silberrahmen zu kaufen, und gemeinsam steckten wir das Foto hinein. Sie stellte es sich neben das Bett und wendete nie lange den Blick davon ab.

Die Erschöpfung der Fahrt verging, aber jetzt war sie oft müde und wurde immer dünner. Der Arzt meinte, die Schmerzmittel würden ihr vielleicht den Appetit nehmen, aber ich müsse sie so gut ernähren, wie ich könne, und dafür sorgen, dass sie ihre Stärkungsmittel nehme. Ihre Wangen wurden hohl, was ihr immer selteneres Lächeln noch breiter machte. Ich las ihr sehr viel vor, und wir setzten unsere Englischlektionen fort, wobei die Phrasen über das Alltagsleben immer unangemessener wurden. Es amüsierte sie, dass ich sie, wenn sie Fehler machte, mit gespielter Missbilligung korrigierte. Oft sprach sie von Rachel und meinte, sie würde sehr schnell Englisch lernen, und eines Tages würde sie einen sehr guten Job bekommen und vielleicht sogar Ärztin werden. Zwei- oder dreimal rief ich in der Mission an, und was sie dort sagten, klang sehr beruhigend. »So ein kluges, vernünftiges Kind« und so weiter, und immer betonten sie, wie glücklich sie sei. Rachel schaute uns aus dem Foto an, als wollte sie uns sagen, dass jedes Wort davon wahr sei – sie war glücklich, sie war klug. Einmal sagte Leah: »Wenn ich nicht sterben würde, könnte ich nicht so glücklich sein.«

Dann kam eines Morgens ein Brief von Labson. Er lautete in schlichtem Englisch: »Liebe Mrs. Marshall. Ich war in der Mission und sah Leahs Tochter. Bitte sagen Sie ihr, dass sie schön mit anderen Kindern spielte. Dann sah ich sie in die Schule gehen, wo sie sangen. Ich werde sie immer besuchen, wenn ich wieder in die Mission fahre. Alles Gute von Labson.«

Auch dies machte Leah glücklich: dass es jemanden gab, von dem sie wusste, dass er ein Auge auf Rachel haben und sie spielen sehen und in der Schule singen hören würde. Luka kam sie wieder besuchen. Er war in seinem Dorf gewesen und hatte mit dem Häuptling und den Ältesten gesprochen, die froh darüber waren, was man für Leahs Kind getan hatte. Er besuchte auch die alte Frau, die nur von ihrer Dankbarkeit für das Geld sprach, das ich ihr gegeben hatte. Sie zeigte ihm, dass sie einiges davon für die Kleidung der anderen Kinder ausgegeben hatte, um die sie sich kümmerte. Ich erkundigte mich nach seiner Familie, und er sagte, es gehe ihnen »zu gut«, und das Haus sei beinahe fertig und inzwischen hätten sie drei Kühe. Seine Kinder seien gut in der Schule, und ein neues werde bald auf die Welt kommen.

Ich ließ ihn mit Leah allein und hörte sie über dies und das plaudern. Als er herauskam, schaute er mich nur an. Wir wussten, dass das Ende nicht mehr weit war. Ich kann nicht sagen, dass sie ihren Lebenswillen verloren hatte, denn jeden Tag wollte sie Neues von Rachel hören. Aber in ihrer Erschöpfung, sogar in den immer häufigeren Schmerzattacken, schien sich ein Friede in ihr auszubreiten, ein Gefühl der Aussöhnung.

Jetzt kann ich das sehr leicht sagen, da ich darauf zurückblicke und versuche, es in Worte zu fassen. Zu der Zeit wartete ich einfach. Sie schlief immer mehr, und jeden Morgen, wenn ich zu ihr ging und sie schlafen sah, fragte ich mich, ob sie je wieder aufwachen würde. Das war alles. Nur warten und den Tag fürchten, da ich nicht mehr bei ihr sitzen und ihr einen Aspekt der englischen Grammatik erklären würde, sie korrigieren und ihr ein Lächeln auf die Lippen zaubern. Jeden Morgen beim Aufwachen sah sie das Gesicht ihrer Tochter. Oft flüsterte sie ihr etwas zu und einmal hörte ich, wie sie sie vor den Gefahren des Lebens warnte, das vor ihr lag, den Gefahren, denen sie zu widerstehen lernen müsse.

Stellte ich damals solche Mutmaßungen an? Grübelte ich nach über die unerwiderte Liebe zwischen Mutter und Kind? Nein, das tat ich nicht. Vielleicht schwor ich damals, dass ich eines Tages zurückkehren und Rachel von ihrer Mutter erzählen würde. Aber ich habe es nicht getan und werde es nie tun. Es ist fast zwei Jahre her, dass ich sie das letzte Mal sah. Ein zweiter Brief von Labson wurde vom Institut an mich weitergeleitet, in dem er wieder berichtete, dass Rachel sehr glücklich und bei guter Gesundheit sei. Ich hatte ihm geschrieben, um ihm von Leahs Tod zu berichten, aber er wollte mich trotzdem über Rachel auf dem Laufenden halten.

Sie starb eines frühen Abends, als ich ihr vorlas und sie meine Hand hielt. Plötzlich umklammerte sie meine Finger sehr fest, und ich hielt es für eine weitere Schmerzattacke. Sie öffnete den Mund und wollte mir noch etwas sagen, mit vor Anstrengung weit aufgerissenen Augen, dann wurde ihr Körper schlaff, und der Kopf kippte zur Seite, doch ihre Augen waren noch offen. Ich schloss sie und zog ihr die Decke bis unters Kinn hoch. Ihr Gesicht bedecken mussten andere.

Ich rief den Direktor an, der zufällig in der Stadt war, und er kam sofort vorbei. In meiner Erinnerung war ich wie gelähmt vor Kummer. Er sagte, er werde sich um alles kümmern, und ihre Leiche wurde noch am selben Abend abgeholt. Ich starrte zu dem baufälligen Schuppen hinaus, als die Männer mit dem Sarg hinter mir vorbeigingen. Die Hühner waren bereits im Schuppen verschwunden, und ich erinnerte mich, wie ich mit Leah dort draußen herumgeschlendert war, wie wir Pläne geschmiedet hatten, um alles wohnlicher zu gestalten, dass wir den Zaun reparieren und Blumenbeete anlegen und einige Sträucher pflanzen und Rasen ansäen wollten, dass wir die Hütte durch eine neue ersetzen wollten, die ihr Arbeitszimmer sein könnte, wenn sie ihr Studium am College of Further Education begann. Ach, was für Pläne wir hatten! Wir diskutierten sogar, was für einen Stall wir für die Hühner bauen sollten. Meine Tränen hörten nicht auf zu fließen, bis ich schließlich einschlief. Am nächsten Morgen hatte ich es im ersten Augenblick vergessen und ging ins Schlafzimmer, um Leah zu wecken und zu fragen, was sie zum Frühstück wolle. Doch da war nur Rachel und lächelte mich an, als wäre Gott in Seinem Himmel und auf Erden alles in Ordnung.

Ich ging ins Büro und arbeitete, als wäre nichts passiert. Josam kam zu mir. Er stand nur in der Tür und legte die Hände aneinander und sagte nichts. Ich konnte nicht zu ihm gehen, ich hatte Angst, ich könnte die Kontrolle verlieren und ihm zu viel meines Kummers aufbürden. Er murmelte, es tue ihm »leid«, nur dieses eine Wort, und dann ging er. Luka kam ebenfalls. Auch er sagte nichts. Aber zu ihm ging ich und legte meinen Kopf an seine Brust, und er legte mir schüchtern und fast ohne Berührung die Hände auf den Rücken. Ich kehrte zu meinem Schreibtisch zurück und starrte vor mich hin. Draußen zog eine Horde Geister durch die Straßen. Ich erinnerte mich, dass ich beim Aufwachen einen Vogel singen gehört hatte, als hätte er sich in immer dichter werdendem Laubwerk verfangen. Ich arbeitete weiter und weinte nicht mehr.

Später kam der Direktor. Er war, wie immer, sehr praktisch. Er hatte mir nicht kondoliert, hatte nicht versucht, etwas über Leah zu sagen und über die Trauer, die ich empfinden müsse. Er berichtete mir von dem geplanten Begräbnis. Der anglikanische Vikar der Church of St. John the Baptist hatte eine Grabstätte nahe an der Kirche angeboten und konnte es so einrichten, dass sie am nächsten Abend beerdigt würde. Er hatte nicht gefragt, ob ich eine Gläubige sei. Ich weiß nicht, was der Direktor ihm von

Leah erzählt hatte. Nachdem er mich über das Arrangement informiert hatte, blieb der Direktor an der Tür stehen und sagte: »Nicht dass Sie mir groß widersprechen werden, aber ich muss doch sagen, dass Ihre Leah der schönste Mensch war, den ich je kennengelernt habe.« Er senkte die Stimme, so dass ich ihn kaum noch verstehen konnte. »Sanfte Augen, ja. Die Mutter vieler Stämme.«

Luka, Josam und der Direktor waren die Einzigen am Grab. Das Loch war bereits ausgehoben, der Sarg in die Erde gesenkt worden. Ich fragte mich, ob andere dabei gewesen wären, wenn die Beerdigung später gewesen wäre – eine Freundin oder zwei aus der Township, vielleicht sogar Mr. Schmidt? Der Vikar las den Bestattungstext aus dem *Book of Common Prayers,* und bevor die Totengräber anfingen, das Loch zuzuschütten, warf ich eine Handvoll Erde auf den Sarg und bat dann Josam, Rachels Foto daraufzulegen. Einige Augenblicke konnte ich es nicht loslassen und drückte es mir an die Lippen. Der Direktor stellte sich neben mich und zog es mir sanft aus den Fingern. Luka hatte einen Strauß Bougainvilleen mitgebracht, den er nun auf das Foto warf. Josam wusste nicht so recht, was er tun sollte, da er aber auch etwas tun wollte, nahm er einem der Totengräber eine Schaufel ab, um Erde auf den Sarg zu schütten. Wir fuhren schweigend zurück, und das Leben ging weiter.

Der Arzt schickte mir ein Entschuldigungsschreiben: »Tut mir leid, dass ich nicht zur Beerdigung kommen konnte. Furchtbarer Verkehrsunfall, um den ich mich kümmern musste. Sie war eine gute, tapfere Seele. Es gibt viele solche, aber sie schien heller zu leuchten als alle anderen. Ich bin froh, dass sie am Ende ihr kleines Mädchen hatte, das es ihr leichter machte. Das und das Zuhause, das Sie ihr geschaffen haben.«

Ich wollte einen Grabstein aufstellen, mir fielen aber, außer Namen und Daten, nicht die richtigen Worte dafür ein. Bei Arthur war es einfach gewesen, aber über Leah gab es zu viel zu sagen – oder gar nichts. Ich dachte mir, dass ich eines Tages vielleicht Rachel das Grab ihrer Mutter zeigen würde. Das sind die Träume, die wir haben, wenn Dinge, die wir lieben, von uns genommen werden. Am Ende ließ ich ihn beschriften mit den Worten: »Bis der Tag anbricht und die Schatten fliehen.« Ich weiß noch immer nicht, woher sie stammen. Sie kamen mir einfach in den Sinn. Obwohl ich nicht an die Auferstehung des Leibes glaube, gibt es etwas, das mir sagt, dass ich Leah wiedersehen werde, dass wir irgendwo Hand in Hand gehen und über so Bedeutendes wie Hühnerställe reden werden. Es gibt diese Augenblicke des Halbdämmers vor dem Schlaf, in denen ich Arthur und Leah zusammen sehe. Sie stehen einfach da auf irgendeiner vagen Zwielichtschwelle und warten darauf, mich zu begrüßen … Unsere Fähigkeit zu hoffen oder uns selbst zu betrügen bleibt bis zum Ende bei uns …

Ich muss jetzt zum Schluss kommen. Ich habe versucht, über meinen zweiten Aufenthalt in Afrika zu schreiben wie über meinen ersten, wahrheitsgemäß den Fakten und mir selbst gegenüber. Ich blieb noch etwa ein Jahr, und neben meinen Versuchen, über Bräuche und Urbanisierung zu schreiben, notierte ich auch, was mir über Leah einfiel. Aber erst jetzt konnte ich alles zusammenstellen und ordnen. Denn genau das habe ich getan, ich habe eine Ordnung der Wörter und des Verstehens geschaffen. Die Erinnerungen kamen und gingen, beliebig, unkontrollierbar, manchmal flüchtig, manchmal so hartnäckig, dass sie mich tage- und nächtelang nicht losließen. Da war Grausamkeit in ihrer Wildheit, als hätten sie mir schon immer aufgelauert. Ich musste versuchen, sie in Reihenfolge und Ordnung zu bringen. Das habe ich jetzt getan, wie ich es für Arthur getan hatte, bevor ich nach Afrika zurückkehrte und Leahs Geschichte begann. Ich klappe die Mappe zu und lege sie in eine Schublade. Ich frage mich, ob ich sie je wieder anschauen werde. Falls ich eine Gedächtnisstütze brauche, wartet sie dort auf mich. Jetzt kann nichts mehr verbessert werden. Während die Erinnerung selbst verblasst, will ich nicht noch einmal erinnert werden, ich will mich nicht fragen müssen, ob ich es richtig gemacht habe, ob ich vielleicht etwas vergessen habe, was ich ausgelassen, was ich vereinfacht habe, ob ich den Leuten gerecht geworden bin … Die Fragen würden nie enden, wenn ich diese Mappe noch einmal öffnete. Ruhe in Frieden, Leah. Ruhet in Frieden, ihr anderen. Vielleicht werde ich mir das eines Tages selber sagen …

X

Das war's. Wie viel davon hatte ich vergessen! Ich hebe die Hand, um diesen letzten Gruß über die Jahre hinweg zu erwidern. Ich kann unmöglich wissen, wie wahrheitsgetreu ich war, wie erfolgreich ich meine Gefühle ausgedrückt habe. Heute Morgen geht es mir ein wenig besser. Stimmt es, dass wir Älteren weniger dazu neigen, die Vergangenheit zu beschönigen? Wir werden kritischer, je mehr wir über den Betrug und die Lügen wissen, die die Welt entstellen.

Es ist fast fünfzig Jahre her. Leah ist manchmal zu mir zurückgekommen, auch die kleine Rachel, aber bis jetzt habe ich mir noch nie angesehen, was ich über sie geschrieben hatte. Die visuellen Erinnerungen stehen mir so klar vor Augen, dass, so fürchtete ich, Wörter sie nur verfälschen würden. Jetzt habe ich es getan. Und ich habe noch einmal von Arthur gelesen, von seinen Eltern und meinen, doch es wäre mir fast lieber, ich hätte es nicht getan, hätte mich von meinem inneren Auge bis zum Ende führen lassen. Jetzt ist es geschehen. Vielleicht schulde ich es meinem jüngeren Ich. Vielleicht ist es die einzige Möglichkeit, ihren Gruß zu erwidern.

Woran ich mich auch nicht erinnern kann, ist der Grund, warum ich das alles niederschrieb. Für wen schrieb ich es? Vielleicht sollte ich es noch einmal lesen und nach Hinweisen suchen. Nein. Jetzt, am Ende, was macht es für einen Unterschied, ob es ein aufgeschriebenes Leben ist oder ein ungeschriebenes?

Wenn wir jung sind, machen wir uns mehr Gedanken über das Verschwinden von Dingen, wir verlassen uns auf Wörter und Fotos, um den Zugriff zur Welt zu behalten. Etwas in dieser Richtung ... Vielleicht hat Sally Interesse daran. Na ja, bis zu einem gewissen Grad. Ich kann mir gut die Langeweile vorstellen, die zu verstecken sie versucht hätte, wenn ich ihr als Antwort auf ihre Fragen über Afrika daraus vorgelesen hätte.

Inzwischen warte ich nicht mehr auf ihre Rückkehr, aber ich mache mir immer noch Sorgen, ob ihr vielleicht etwas passiert ist. Es passte gar nicht zu ihr, einfach so zu verschwinden. Sie war ein sehr nettes Mädchen. Wie heißt der Ausdruck? Ein bisschen zu gut für diese Welt. Es gibt Menschen, die sind es, und sie gehörte zu ihnen. Und was man, was sie, jeden Tag über Afrika sieht! Darfur. Simbabwe. Diese Gesichter! Dieses Leid! Die Welt, über die ich geschrieben habe, gibt es längst nicht mehr ...

Heute geht's mir nicht gut. Meine liebe, liebe Leah ... Wie Sally sie geliebt hätte! Wie sie einander geliebt hätten!

»Bis der Tag anbricht und die Schatten fliehen ...« Bis Weihnachten ist es nur noch ein Monat. Ich habe keine Lust, Weihnachtskarten zu verschicken. Dieses Jahr gibt es drei ehemalige Kollegen weniger, denen ich schreiben könnte. Meine Pflegerin hat mir einen ganzen Packen Weihnachtskarten gekauft. Keine Rotkehlchen mit einem Stechpalmenzweig im Schnabel, Gott sei Dank, aber auch nicht die Jungfrau mit dem Kind. Eine Dorfszene im Schnee. Recht hübsch. Natürlich kein »Fröhliche Weihnachten« oder etwas ähnlich Anstößiges. Ich könnte mich ja eigentlich gleich dransetzen ... Sie hat mir außerdem den großen, braunen Umschlag mitgebracht, um den ich sie gebeten hatte, nur für den Fall ... Der Arzt war da und meinte, ich sollte mir überlegen, vielleicht jeden Morgen eine Pflegerin kommen zu lassen. Andere Tabletten. Heute Morgen wieder etwas besser ...

Das ist erledigt. Die Aufzeichnungen sind unvollständig. Ich nehme an, dieses ganze autobiographische Zeugs wird irgendwann in andere Hände geraten, in letzter Minute dem Verbrennungsofen entrissen – wer's glaubt, wird selig. Was bleibt mir sonst noch zu tun?

Die erste Dezemberwoche ist vorbei. Unten in den Gärten ist nur noch selten jemand zu sehen, zumindest nicht lang. Das Laub ist zusammengerecht, die Herbstfeuer sind niedergebrannt. Bald werden farbige Lichter in einigen der Häuser gegenüber leuchten, und auch ein funkelnder

Stern oder zwei. Ich werde die geschmückten Bäume sehen können. Wie's aussieht, werde ich noch miterleben, wie der Weihnachtsmann mit seinen Rentieren über die Baumwipfel herabgesaust kommt und eilig in die Kamine klettert. In diesem letzten Bericht sagte ich etwas ziemlich Interessantes über die Fähigkeit zu hoffen oder sich selbst zu betrügen, die bis zum Ende bleibt. Was wir mit den Kindern gemeinsam haben …

Neben mir liegt immer noch das leere Blatt Papier. Die Karten sind geschrieben und die Umschläge adressiert. Es wird bald dunkel. Lichter bescheinen Sträucher und Rasenflächen, wie weggeworfener Abfall. Mal sehen. Lose Enden …

Nach Leahs Tod blieb ich noch etwa achtzehn Monate. Ich machte gute Fortschritte mit meinem Buch und schickte einen Entwurf an eine amerikanische Universität, die mir erwiderte, es decke so ziemlich denselben Bereich ab wie ein anderes Buch, das sie gerade herausbrächten. Aber sie ermutigten mich, es woanders zu versuchen. Sie meinten, was ich geschrieben hatte, sei »interessant«. Vor ungefähr einem Jahr stieß ich wieder auf diesen Brief, auf den ich geschrieben hatte: »Was für ein Gewäsch!« Später brachte ich das Buch bei einer kleineren amerikanischen Universität unter, von der in der Bibliothek kein Mensch je gehört zu haben schien …

Ich kehrte zu meinem Job in der Bibliothek des Instituts zurück und verbachte dort den Rest meines Berufslebens. 1976 zog ich mit ihr ins Britische Museum um. Ich veröffentlichte Aufsätze, besuchte Konferenzen, machte Urlaub auf griechischen Inseln, einmal mit einem Kurs in kreativem Schreiben. Die Geschichte, die ich der Gruppe vorlas, handelte von einem alten Häuptling, der Land besuchte, das einmal seinem Stamm gehört hatte und jetzt ein Wildtierreservat war. Sie hatte, gelinde gesagt, Doris Lessing viel zu verdanken. Ich schaute einmal hoch, und jemand gähnte. Alle anderen Geschichten handelten von unerfülltem, vorstädtischem Leben und unglücklichen Ehen.

Ich machte ein paar Kreuzfahrten, eine davon auf dem Nil. Ich schloss Freundschaften, aber sie hielten nicht lange genug für Weihnachtskarten. Es gab Fotos, die ich vernichtet habe: all diese fröhlichen, alternden Gesichter, meins mittendrin …

Noch ein Schlaganfall, befürchte ich, und zwei Wochen im Krankenhaus. Sie fragten mich, ob ich schon über ein Pflegeheim nachgedacht hätte, und ich sagte, mit Sicherheit nicht. Sie entschuldigten sich und meinten, es sei ja nur eine Frage gewesen. Ich habe mich um tägliche Pflege gekümmert, nur morgens. Man hat mir einen roten Knopf gegeben, den ich im Notfall drücken kann. Eins ist mir noch nicht passiert, ich bin noch nicht hingefallen. Mit meiner Gehhilfe schaffe ich, wenn auch langsamer jetzt, die Strecken zwischen Schreibtisch und Bad und Bett und dem Sessel am Fenster, wo ich dieses schwenkbare Lesepult habe, auf dem ich schreiben und ein Buch öffnen kann.

Mein Augenlicht ist noch gut. Mein Gehör ebenfalls, ich glaube zumindest, es könnte gut sein, wenn die Pflegerinnen mich nicht so anschreien würden. Sally hat nicht geschrien. Ich würde wirklich gern wissen, was aus ihr geworden ist. Ich habe unsere kleinen Gespräche sehr genossen und immer gern gehört, was draußen in ihrer Welt so alles passiert – Abnehmen und Mode und Liebeskummer und neue Kosmetika auf dem Markt, solche Sachen …

Wo waren wir? Mein Leben, nachdem ich aus Afrika zurückkehrte und versuchte, darüber zu schreiben. O ja. Godfrey kam für einen Urlaub zurück, mit seiner Familie: eine ziemlich geschwätzige amerikanische Ehefrau und zwei Töchter. Er war inzwischen ordentlicher Professor. Ich weiß nicht mehr, ob er tatsächlich »Emeritus« sagte. Aber ich glaube, er war kurz davor. Er wollte seiner Familie die Orte seiner »Jugendsünden« zeigen. Ob er mich auch zu diesen »Sünden« zählte? Dann sah ich ihn in der Bibliothek stehen und auf ein hohes Bücherregal zeigen. Die andere Hand hatte er auf der Brust. Er hatte einen Bauch und einen längeren Bart. An diesem Vormittag hatte ich das Foto eines Häuptlings auf irgendeiner pazifischen Insel gesehen, der auf ein neu gebautes Gemeinschaftshaus zeigte, und ich erinnerte mich an die Zeit, als er, wenn er sich selber so posieren gesehen hätte, einen Vergleich angestellt hätte. Ich hatte über ihn recherchiert und herausgefunden, dass er eine ganze Menge publiziert hatte, und dazu gratulierte ich ihm. Er sagte mir, er hätte einen Artikel von mir gesehen, und meinte: »Sehr vielversprechend, Naomi, wert, dranzubleiben, wenn ich mich nicht irre.« Seine Frau und seine Töchter schauten ihn bewundernd an. Sie alle in Baströckchen, und es wäre wie ein Foto direkt aus dem *National Geographic Magazine* gewesen ... Je wichtiger die Leute sich nehmen, umso weniger können sie offenbar die lustige Seite sehen...

Das war's dann so ziemlich. Wenn es mir nur besser gehen würde. Verbitterung bringt nichts. Wenn man zurückblickt, ist es schwierig, alten Groll zu übergehen. Ich bin mir sicher, dass man das über mich denkt. Ich war nie eine besonders angenehme Gesellschaft, immer ein bisschen kratzbürstig. Na ja, ich denke, die Lektüre dieser Berichte hat mich daran erinnert, dass ich einmal glücklich war und was mich glücklich gemacht hat ...

Glück! Was für ein Wort! Na ja, Godfrey war glücklich. Arthur ebenfalls, wenn ich es mir recht überlege. Aber wie Henry Morton Stanley glaubte er nicht, auf der Welt zu sein, um glücklich zu sein. Wobei es etwas ganz anderes ist, anderen dazu zu verhelfen ...

Ich neige dazu, meine Gedanken ziellos schweifen zu lassen, vor allem an Winterabenden, wenn es in den Gärten weniger zu sehen gibt, weniger zu spekulieren über die Leute, die kommen und gehen, weniger zu beobachten in den Blumenbeeten, auf den meisten Bäumen keine Blätter, natürlich weniger Vögel, allerdings mehr Eichhörnchen – was mich an Sally und den Gartenschlauch eines Bruders erinnert ...

Solche Sachen: Dieses Dreirad hätte man nicht draußen im Regen stehen lassen sollen, wo sind all die Spatzen hin, dass auf einer Esche so viel Efeu wächst, kann doch nicht gut für sie sein, die Katzen zählen, sich nicht die Mühe machen, irgendjemandem zu winken, und dann zu irgendeinem Buch zurückkehren. Ich kann meine Pflegerin bitten, mir in dem Laden, der Gebrauchtwaren für wohltätige Zwecke verkauft, Bücher zu besorgen, aber das ist ziemlich unsicher: ein Roman auf drei Thriller. Macht nichts. Absolut nicht. Ich habe ja so viel zu lesen. Letztes Jahr habe ich *Krieg und Frieden* noch einmal gelesen, oder war es vorletztes? Mal sehen ...

Heute Morgen ist es passiert! Einfach unglaublich. Und hier ist sie! Eine riesige Karte von Sally! Genaugenommen drei Karten in einer: Fra Angelicos *Triptychon.* Absolut wunderbar.

Und ihr Brief, auf Papier mit Briefkopf:

Liebe Mrs. Marshall,
es tut mir leid, dass ich nicht vorbeigekommen bin, um mich von Ihnen zu verabschieden. Mein Taxi kam ziemlich früh, und ich wollte Sie nicht stören und vergaß, meinen Brief unter Ihrer Tür durchzuschieben, in dem ich nur sagte, dass ich Sie vermissen werde und Ihnen für die Zeit dankte, die Sie mir geschenkt haben. Deshalb gab ich ihn der netten Dame, die eben die Treppe zur Souterrainwohnung fegte. Ich hoffe, es geht Ihnen gut. Nachdem ich bei meiner Kollegin eingezogen war, lief die Sache nicht sehr gut. Sie hatte ziemlich laute Freunde, die offensichtlich mit ziemlich wenig Schlaf auskamen usw. Außerdem (wie soll's auch anders sein!) Probleme mit dem Freund. Na ja, genaugenommen war es ein verheirateter Mann, aber das sagte er mir erst später. Dann dachte meine Mitbewohnerin, ich würde mit einem ihrer Freunde »herummachen«, was nicht stimmte, wie ich sofort hinzufügen muss. Ich war wirklich sehr gern bei Ihnen, um mit Ihnen zu plaudern. Es war etwas ganz anderes als mein sonstiges Leben, und die ganzen Sachen, über die wir geredet haben, auch wenn ich großen Respekt hatte vor all den Büchern, die Sie haben, und dass Sie in Afrika waren und so weiter und so fort. Wer weiß, was Sie sich gedacht haben über die Banalitäten, über die ich und meine Freundinnen redeten. Wie auch immer, der langen Rede kurzer Sinn, meine Mutter schickte mir einen Zeitungsausschnitt mit einer Stellenanzeige in Taunton (nicht in der Kosmetikbranche!), ich bewarb mich und bekam den Job! Große Freude zu Hause, vor allem

bei einem gewissen hausaufgabenscheuen Bruder! Er sagt, er will eines Tages nach Afrika gehen und sich »zur Abwechslung mal nützlich machen«. Das war letzte Woche. Diese Woche will er Pilot werden. Es kann sein, dass ich im neuen Jahr für meine Firma nach London kommen muss, vielleicht schaffe ich es ja, Sie dann zu besuchen. Ich würde das wirklich sehr gern tun, und dann müssen Sie mir mehr über Afrika erzählen. Sie müssen das alles für sehr langweilig gehalten haben, das ganze Zeug, das ich Ihnen erzählt habe. Aber anfangs war es für mich ziemlich aufregend, in London zu leben und zu arbeiten, und man ist ja nur einmal jung!

Alles Liebe, und ich besuche Sie, wenn es nur irgend geht,

von

Sally (Carstairs)

Diese Karte hat mir das glücklichste Weihnachten meines Lebens geschenkt, auch wenn es vielleicht zu Hause glücklichere gegeben hat, nur dass ich damals zu jung war, um mich daran zu erinnern. Ich weiß nicht einmal mehr, ob wir Strümpfe am Kamin hängen hatten. Ich weiß allerdings noch sehr gut, wann meine Eltern, als gute Wissenschaftler, die sie waren, mir sagten, dass der Weihnachtsmann nur ein Phantasiegebilde oder so etwas Ähnliches sei ... Wann war ich glücklicher? Diese Zeiten mit Leah. An dem Tag, als Arthur um meine Hand anhielt. Aber dieses Glück hatte mit Hoffnung zu tun, und das war nicht ganz dasselbe ...

Der Anwalt besuchte mich, nur um »mein Testament zu überprüfen«. Ich hatte es schon seit über zwanzig Jahren nicht mehr gesehen. Es musste nichts verändert werden. Alles an afrikanische Wohltätigkeitsorganisationen, die Arthurs Zustimmung gefunden hätten. Ich spürte ihn hinter mir, wie er auf das Papier herabschaute. Seine Hand lag schwer auf meiner Schulter. Der Anwalt sagte mehr als einmal, er würde sich um alles persönlich kümmern, es gebe absolut nichts, worüber ich mir »Sorgen machen« müsse. Ich sagte ihm, man könne sich da nicht vollkommen sicher sein, nicht?

Als er ging, sah ich den irdenen Krug und den Weidenkorb auf dem Fensterbrett stehen. Sie hatten immer da gestanden, und ich hatte schon fast vergessen, wie ich zu ihnen gekommen war. Ich schrieb Sallys Namen und die Adresse auf den braunen Umschlag und bat den Anwalt, ihn ihr zu schicken. »Natürlich«, sagte er. »Machen Sie sich nur keine Sorgen.« Ich sagte ihm, die Bücher könnten verschenkt und alle Papiere vernichtet werden. Bei den Berichten, die ich ergänzt habe, war ich mir nicht so sicher. Noch nicht. Also steckte ich alles in den großen, braunen Umschlag … Vielleicht gebe ich ihr die Berichte, wenn sie mich besuchen kommt und mich bittet, ihr mehr über Afrika zu erzählen. Ich würde sehr viel lieber etwas über ihre Familie erfahren, als darüber zu reden …

Alles Gute, Sally. Im Augenblick geht es mir wirklich nicht sehr gut, und ich habe Schwierigkeiten, einen Stift längere

Zeit zu halten. Hier ist alles … Mir gefällt die Vorstellung nicht, dass irgendjemand es zusammen mit den anderen herumliegenden Papieren wegschmeißt. Gibt es für solche Sachen einen offiziell Verantwortlichen? Das kann doch nicht richtig sein, oder? Darf keinen solchen Wirbel machen … Vielen Dank, Arthur … Noch nicht Zeit für den roten Knopf. So ist es besser … Sitze vielleicht ein bisschen schief, das ist alles. Muss mir über gar nichts Sorgen machen. Ein kurzer Brief vielleicht dazu:

Meine liebe Sally,
vielen Dank für Ihre wunderschöne Karte und den Brief. Ich würde Sie sehr gern wiedersehen, wenn Sie nach London kommen. Hier ist etwas über Afrika. Vielleicht möchte ja auch Ihr Bruder einmal hineinschauen, wenn er das Interesse an Flugzeugen verliert. Ich war ziemlich unentschlossen